Wahnsinn, Waschmaschinen, Weicheier

Heitere Kurzgeschichten

von Rita Fehling

Kurzgeschichten, Kolumnen und heitere Texte

Geschichten über den Alltag, über das sich manchmal recht merkwürdig gestaltende Zusammenleben mit Computern, Männern und Kindern, eben über das Leben.

Rita Fehling ist Jahrgang 1955, sie schreibt seit 1997 für verschiedene Tageszeitungen heitere Artikel und Kolumnen. Sie lebt mit Mann, Sohn, einem Kater, eine Katze und dem Bearded Collie Linus in einem Dorf in der Nähe von Hameln.

Im Oktober 1999 erschien ihre erste Kurzgeschichtensammlung unter dem Titel „Augenblick mal..." bei Books on Demand.

Rita Fehling

Wahnsinn, Waschmaschinen, Weicheier

Heitere Alltagsgeschichten

Herstellung: Books on Demand GmbH

ISBN 3-8311-2192-3

Originalausgabe

by Rita Fehling, Hameln
Umschlaggestaltung und Satz: Manfred Fehling
Font: Verdana

Für Manfred, meinen geduldigen Computer-
spezialisten,
und für Frederik, meinen unermüdlichen Ide-
enlieferanten.

Und auch für Dorle und die tintos (habt ihr
euch wiedergefunden?)

Inhalt

Lügen haben kurze Beine

Kindermund tut Wahrheit kund, heißt es doch immer so schön. Aber das kann ich so einfach nicht im Raum stehen lassen. Wenn jedenfalls mein Kind bestimmte Sätze hören lässt, dann meint es oft etwas ganz Anderes. Es hat einige Jahre gedauert, bis ich als Mutter die jeweils korrekten Übersetzungen wusste. Ein paar Beispiele gefällig?

Wenn unheimliche Geräusche aus dem Kinderzimmer dringen und ich die bange Frage stelle: „Was machst du denn da oben?", so antwortet es meistens: „Ni-hichts!" Und ich versichere Ihnen, das war nicht die Wahrheit.

Ebenfalls die pure Unwahrheit ist das Wort „Gleich", wenn es mein (Ihres etwa auch?) Kind ausspricht. Egal in welchem Zusammenhang. „Mache ich gleich, ich komme gleich, wird gleich erledigt", oder auch ein schlichtes „Ja, Mann, gleich!" Gleich bedeutet immer: „Halt die Klappe, Mutter, und lass mich in Ruhe!"

Wussten Sie, was „Jappunger" bedeutet? Es heißt: „Los, geh in die Küche und koch mir Spaghetti Bolognese." Ganz im Gegensatz zu: „Nee, ich hab' keinen Hunger." Das bedeutet nun wieder: „Esst ihr man schön euren Linseneintopf, fünf Minuten nach dem Essen kannst du mir dann ja was Besseres kochen.

Noch etwas, was n i e stimmt: „Ich hab' heute morgen doch geduscht!" Ich habe es anhand des Feuchtigkeitsgrades seines Handtuches überprüft. Sie ahnen es: Lüge!

Warum lügen Kinder so viel? Wenn ich meinen Sohn das frage, so antwortet er mir mit ehrlich empörter Stimme: „Aber Mama, ich lüge doch gar nicht." Und ich glaube, er ist wirklich davon überzeugt, dass er nicht lügt. Jedenfalls in dem Moment, in dem er die, sagen wir mal Unwahrheiten dazu, ausspricht. Vielleicht meinte er wirklich, dass er *gleich* sein Zimmer aufräumen wollte – und es war ihm nur etwas viel Wichtigeres dazwischen gekommen, vielleicht hatte er wirklich um 12.00 Uhr mittags keinen Hunger, um 12.15 Uhr allerdings schon. Mag sein, doch mir kommen da so gewisse Zweifel. Warum lügt mein Kind? Mein eigen Fleisch und Blut? Ich kann's gar nicht glauben, zweifelte schon an meiner Fähigkeit als Mutter. Ich habe andere Mütter gefragt und sie bestätigten mir, dass diese Flunkereien auch bei ihnen an der Tagesordnung sind. Darum werde ich mir in Zukunft keine großen Gedanken mehr über das Versagen meines Erziehungsstils machen. Vielleicht ist es ja wirklich so, dass diese Worte unserer Kinder keine Lügen sind, sondern einfach nur Umschreibungen. Und wir Eltern müssen einfach die jeweils korrekten Übersetzungen lernen.

Wir sollten wissen, dass „Ich geh' mal hoch und les' noch'n bisschen" bedeutet: „Ich surfe noch ein Stündchen im Internet und möchte nicht gestört werden". „Hey, deine Frisur sieht klasse aus!" bedeutet „Nun rück schon die Kohle für das Spiel raus."

Es gibt noch eine ganze Menge solcher Sätze, die ich leider auch noch nicht alle übersetzen kann. Wir Eltern müssen lernen. Es sollte an der Volkshochschule nicht nur Englisch, Französisch, Italienisch und was weiß ich noch alles gelehrt werden sondern auch „Jugendlichenisch."

Die Inselfrage

Neulich wollte ich mir mal einen richtig schönen Nachmittag machen. Die Hausarbeit war getan, naja, das meiste jedenfalls, und ich hatte nichts weiter vor. Also verzog ich mich mit einer Frauenzeitschrift und einem Tässchen Kaffee in meine Sofaecke. Aber was ich da zu lesen bekam, bescherte mir keinen ruhigen Nachmittag sondern bereitete mir einiges Kopfzerbrechen:

Von einem Soziologie-Institut wurde Männern die Insel-Frage gestellt: „Was würden Sie auf eine einsame Insel mitnehmen?" Die Plätze eins bis drei belegten Handy, Computer, Fernseher. Frau und Familie rangierten abgeschlagen auf Platz sieben. Ich bin sicher, würde man Frauen diese Frage stellen, würden sie ihren Männern wenn nicht Platz eins, dann doch aber mindestens den zweiten oder dritten Platz zuweisen.

Warum ist einem Mann nun ein Handy wichtiger als seine ihn fürsorglich liebende Ehegemahlin? Da macht man nun und tut, kocht, putzt, wäscht, erzieht die Kinderlein, geht mit dem Hund Gassi und sorgt sich um den lieben Mann. Und bei der alles entscheidenden Frage kommt so was! Ich will Ihnen was verraten: Die Männer lügen. Sie sagen einfach nicht die Wahrheit, weil sie sich nicht die Blöße geben wollen, auf uns Frauen angewiesen zu sein. Es ist doch eine Tatsache, dass ein unbeweibter Mann viel eher verwahrlost als eine Single-Frau. Sie brauchen uns, wollen es aber partout nicht zugeben, weil sie cool sein wollen, stark, unabhängig und autark. Oder sind sie wirklich so von sich eingenommen, unsere Männer?

Weiter lese ich, dass es auch noch wissenschaftlich belegt ist, dass Männer keine oder kaum Selbstzweifel haben. Wenn ich das bislang noch nicht wusste, so ahnte ich es zumindest. Aber die schockierendste Meldung war, dass sie gar nichts dafür können! Es liegt einfach in den Genen. Fertig, aus.

Die Wissenschaftler klären uns auf, dass dieses Verhalten keineswegs nur typisch männliches Machogehabe ist. Nein, sagen sie, die Gene eines Mannes bestimmen sein manchmal für eine Frau unverständliches Tun. Seit Jahrmillionen ist es so, dass ein Mann sich präsentieren muss, um eine Frau zu bekommen, und eine Frau muss/darf/sollte auswählen. Es ist also genetisch festgelegt, dass ein Mann sich als der Schönste, Größte, Beste geradezu fühlen *muss*. Es ist nicht seine Schuld!

Du liebe Güte, denke ich, und verschlucke mich fast an meinem Kaffee. Ob mein Liebster wohl auch so von sich eingenommen ist? Denkt er, er käme ohne mich aus?

Am Abend stelle ich ihm dann die Frage: „Was würdest du auf eine einsame Insel mitnehmen?" Poch-poch-poch geht mein Herz. Sag jetzt nichts Falsches, denke ich. „Na, dich natürlich! Logo!" ruft er und zaubert damit ein Lächeln in mein bis dahin verkrampftes Gesicht. „Wer sollte denn sonst für mich kochen?"

Kampf den Kilokalorien

Wer kennt ihn nicht, den leidigen Kampf gegen die Kalorien? Bei vielen Menschen geht automatisch der inzwischen fest installierte Kalorienrechner im Kopf an angesichts von Lasagne, Pizza oder, noch schlimmer, Schwarzwälder Kirschtorte. Wussten Sie, wie viele Kilokalorien eine Pizza *wirklich* hat? Die von meinem Lieblingsitaliener hat mindestens – Schafskäse, Salami, Artischocken, Käse, der Pizzateig... oh Gott, das sind ja mindestens, jedenfalls wenn ich das Gläschen Valpolicella mitrechne, 2000! Und eine Portion Lasagne kommt so viel besser auch nicht weg. Über Schokolade, Pommes oder gar Bratwurst wollen wir erst gar nicht nachdenken. Doch was tun, wenn man einmal nicht widerstehen konnte und „zugeschlagen" hat?

Sport, liebe Leserinnen und Leser, ist ein probates Mittel, um die sich in einem schwachen Moment zugeführten Kalorien wieder abzutrainieren. Wissenschaftler haben es genau ausgerechnet, dass man eine Stunde sportlich walken muss, um den Verzehr einer mittleren Lasagne ungeschehen zu machen. Um eine Portion Tiramisu wegzusporteln, muss man eine Stunde Aerobic betreiben, und für zwei Schokoriegel sollte man eine halbe Stunde Sit-ups absolvieren. Tja, hätte man sich wohl *vor* dem akuten Schokoanfall überlegen sollen! Um den Konsum einer Bratwurst mit Pommes auszugleichen sind zwei Stunden Tennis angesagt. Um zwei Gläser Weißwein mit einigen Käsehappen nicht auf den Hüften zu spüren, muss man eine Stunde lang zügig schwimmen. Na bitte, alles ganz easy.

Doch woher soll eine geplagte berufstätige Hausfrau und Mutter die Zeit nehmen? Bürojob, einkaufen, Kinder abholen beziehungsweise irgendwo hin fahren (zum Sport, ja die haben es gut!), Essen zubereiten (kalorienleichte Gemüsesuppe, *keine* Lasagne), Hausarbeit... wo bliebe da noch Zeit für das Fitness-Studio, den Tennisplatz oder das Hallenbad? Wenn nach getaner Arbeit endlich Feierabend ist, alle hungrigen Mäuler gestopft, der Haushalt halbwegs erledigt ist, dann relaxed frau doch mal gerne in der Sofaecke und guckt Fernsehen, statt sich dem Verarbeiten der zugeführten Kalorien zu widmen. Die meisten Frauen sind einfach viel zu kaputt, um sich noch zum Sport aufzuraffen. Ihre Männer hingegen gehen noch frohgemut zum Fußball- oder sonstigem Training. Sie konnten schließlich nach dem Bürotag ein Abendessen zu sich nehmen (der Rest der Gemüsesuppe vom Mittag) und sich für das Training ausruhen. Die haben's gut, denke ich so. Und ich beklage mich lautstark, dass mir keine Zeit zu kalorienraubenden Tätigkeiten bleibt.

Da raunt der Göttergatte, nimmt eine Tabelle zur Hand und rechnet mir vor: „Was willst du eigentlich? Hier steht es doch: Bügeln verbraucht 175 Kilokalorien in der Stunde." Na Gott sei Dank!

Jeder Schuss ein Treffer

Einige Leute beneiden mich um meinen Job, was ich gut verstehen kann. Anderen wieder graust es bei dem Gedanken, das zu tun, was ich tue. Aber, glauben Sie mir, ich mache meine Arbeit wirklich gerne. Und gut, verdammt gut. Ich leiste saubere Arbeit, pünktlich und ordentlich führe ich alle mir übertragenen Aufträge durch. Präzise und treffsicher, wenn Sie verstehen, was ich meine. Meine Auftraggeber waren in den allermeisten Fällen mit mir zufrieden. Ja, sicher, es hat auch schon Fälle gegeben, da kamen hinterher Beschwerden. Aber ein gewisses Berufsrisiko steckt doch in jedem Job, oder? Ich lasse mir da nicht lange etwas vorwerfen, oder werde gar deprimiert. Wenn einmal etwas schief gegangen ist, und das ist wirklich äußerst selten, glauben Sie mir, dann gehe ich froh zur Tagesordnung über und erledige meinen nächsten Auftrag. Und ich bekomme verdammt viele Aufträge. Kein Wunder, ich bin, so scheint's, wirklich der Beste.

Wer meine Auftraggeber sind? Nun, darüber bin ich zur Verschwiegenheit verpflichtet. Ich würde in Teufels Küche kommen, wenn ich etwas verraten würde. Und deshalb tue ich es auch nicht. Ich kann es manchmal allerdings nicht lassen und spreche doch über die Ergebnisse meiner Arbeit. Wie jetzt mit Ihnen. Wenn ein Job wieder mal hundertprozentig erledigt wurde, dann muss ich einfach mit irgendwem darüber reden. Ich bin nicht ganz frei von einem gewissen Berufsstolz. Was, Sie meinen, meine Arbeit ist nicht ganz legal? Nun ja, da mag schon was dran sein. Ich weiß natürlich, dass es nicht die feine Art ist, auf lebendige Menschen zu schießen. Aber der Bedarf ist da, und wenn ich diese Arbeit nicht tun würde, würde sie ein anderer machen. Und ich weiß nicht, ob sie dann so treffsicher, sauber und diskret ausgeführt würde.

Noch niemals hat man mich gesehen oder gar erwischt. Auch nicht bei richtig brenzligen Aufträgen wie meinem letzten. Die alte Niemeyer. Keine Ahnung, warum ausgerechnet sie dran war, aber, Befehl ist Befehl. Wie gesagt, ich wurde noch niemals gesehen, geschweige denn geschnappt. Und das soll auch so bleiben.

Ich weiß nicht, was mich an diesem Job so fasziniert. Es ist wohl die Schießerei, die mir einen solchen Spaß macht. Objekt ausfindig machen, beobachten, anvisieren, den richtigen Zeitpunkt abwarten und: Schuss! Diese Befriedigung! Es ist unbeschreiblich.

Sie fragen sich, warum ich noch nie geschnappt wurde? Nun, es hängt wohl damit zusammen, dass ich mit ganz besonders hilfreichen körperlichen Vorzügen ausgestattet bin. So zum Beispiel kann ich ganz ohne Red Bull fliegen. Und mich für gewisse Zeit unsichtbar machen. Und meinen Pfeil und Bogen auch.

Männlich – weiblich - wichtig

Es gibt kaum ein dankbareres Thema, als das Wetter, wenn man einmal ein Gespräch in Gang bringen will. Wetter gibt es eigentlich immer, und immer kann man irgendetwas dazu sagen. Ob das angekündigte Hoch Tanja tatsächlich bis zum Wochenende eintrifft, und ob sich das garstige windige Tief Andreas bis dahin verzogen haben wird. Jawoll, die Hochs und Tiefs haben Namen! Tanja klingt ja auch irgendwie netter als „Azorenhoch". Das ist verständlich, was ich aber nicht nachvollziehen kann, ist die Tatsache, dass sich seit einiger Zeit die Gemüter darüber erregen, welches Geschlecht die jeweiligen Wetterlagen haben. Irgendwelche Frauenrechtlerinnen oder Möchtegern-Emanzen fanden, dass es eine Gemeinheit ist, wenn immer ausgerechnet die schlechten Wetterlagen weibliche und die guten männliche Namen kriegen. Nun haben sich die Meteorologen sich das Gezeter zu Herzen genommen und, richtig, sie machen es umgekehrt. Die Frauen freuen sich, aber was sagen in naher Zukunft die Männer dazu, wenn sie sich auch so richtig diskriminiert fühlen?

Es wirklich schon bemerkenswert, auf welche Feinheiten man kommt, wenn man die Welt einmal darauf hin betrachtet, was alles männlich dargestellt wird, obwohl die holde Weiblichkeit durchaus auch damit zu tun hat.

Ampeln zum Beispiel. Logisch gehen auch Frauen und Kinder über Kreuzungen, die von Verkehrsampeln geregelt werden, doch was muss das gekränkte Frauenauge erblicken? Ampel*männchen!* Na, so was aber auch! Ich wundere mich, worüber man sich alles aufregen kann!

Bei einer Sache allerdings ist es schon gut, männlich und weiblich deutlich zu unterscheiden. Nein, nicht das, was Sie jetzt wieder denken – das ist sowieso klar. Ich meine die Nachsilbe „in". So viel Zeit muss einfach sein. Eine Professorin ist nun mal eine Professorin und kein Professor, eine Buchhalterin ist kein Buchhalter, und auch fremdsprachlich muss eine Stewardess eine solche bleiben und wird nicht zum Steward. Und: Eine Ärztin mit Doktortitel ist kein Doktor sondern eine Doktorin!

Sollten wir nicht diese sprachlichen und sonstigen Feinheiten einfach etwas lockerer sehen? Regen wir uns doch nicht über Dinge auf, die eigentlich gar nicht wichtig sind! Vielleicht wird das weibliche „in" wichtiger genommen als es ist. Wir können es doch nicht ändern, dass große, bedeutende Dinge nun einmal ein männliches Geschlechtswort haben. Oder sollte es ab sofort heißen: die Himmelin, die Mondin, die Abendin, die Wetterin, die Zufallin.....?

Und noch ein Blödsinn in diesem Zusammenhang fällt mir ein: In Stellenangeboten dürfen die Arbeitgeber nur den Beruf ausschreiben, nicht aber angeben, ob sie wünschen, das sich ein Bewerber oder eine Bewerberin vorstellt. Was macht der arme Chef, der eine Bardame einstellen will und sich ein Barherr bewirbt? Seinem Etablissement einen ganz anderen Touch geben? Oder die Krankenhausleitung, bei der sich ein Hebammer vorstellt oder ein Krankenbruder? Natürlich weiß ich, dass es Geburtshelfer und Krankenpfleger heißt, es bleibt aber trotzdem dabei, dass ein Arbeitgeber schon das Recht haben sollte, in der Stellenanzeige deutlich zu sagen, ob er einen Mann oder eine Frau einstellen will, denn entscheiden wird sich besagter Etablissement-Betreiber dann doch für die Dame – nehme ich jedenfalls an.

Eine Frage: Wenn eine weibliche Person einen Artikel geschrieben hat, ist es dann eine Artikelin?

Übung macht den Meister

Übung macht den Meister, hat mein Vater immer zu mir gesagt und damit gemeint, dass man alles erlernen kann, wenn man nur will, und wenn man nur bereit ist, genügend Zeit und Geduld aufzubringen. Und diese Überzeugung hat mich geprägt. So mühte ich mich zum Beispiel ab, das Nähen zu lernen, mehr oder weniger erfolgreich. Ein bisschen habe ich es gelernt, obwohl ich immer noch nicht in der Lage bin, eine halbwegs gerade Naht mit der Nähmaschine hinzukriegen. Ich buchstabierte mein allererstes Buch (es hieß „Hanni und Nanni"). Bis ich den Sinn eines Wortes herausbekommen hatte, wusste ich nicht mehr, wie der Satz angefangen hat. Auch hier haben sich die Worte meines Vaters bewahrheitet, denn heute bin ich in der Lage, halbwegs mühelos den Inhalt und Sinn ganzer 300-seitiger Bücher zu kapieren. Ich wollte unbedingt häkeln lernen so wie meine Oma, die wunderbare Tischdecken häkeln konnte, und ich übte und übte. Zunächst kam nicht mehr dabei heraus als kilometerlange wülstige, knotige Ketten, mit denen man nun wirklich nichts anfangen konnte, doch – siehe da: Heute ziert auch mein Heim eine wenn auch nicht ganz so wunderbare Häkel-Tischdecke. Man muss eben üben, üben, üben. Alles kann man lernen, wenn man nur will! Rechnen, schreiben, Auto fahren, schwimmen, zuhören,

Toleranz üben, Verständnis für andere haben, alles ist möglich...

Doch, da beschleicht mich ein Verdacht: Manche Menschen lernen bestimmte Dinge eben nie. Ich kenne da ein paar, die bis heute nicht Auto fahren können, oder zuhören, von anderen Dingen ganz zu schweigen.

Mit Erschrecken stelle ich fest, dass auch ich eine ganze Menge von Fähigkeiten immer noch nicht erlernt habe. Beispiel gefällig? Ein Fernsehkoch schneidet in Null-Komm-Nichts aus der Schale einer Tomate eine wunderschöne Rose. Ich benötige schätzungsweise die Jahres-Tomaten-Ernte der Toscana, um nur eine halbwegs ähnliche Rose hinzukriegen. Ist das wirklich nur Übung? Denn der Koch im Fernsehen ist ungefähr fünfundzwanzig Jahre alt und kann außer Rosen aus Tomaten zaubern noch Zwiebeln in einem mörderischen Tempo schneiden. Ich bereite seit ungefähr einem viertel Jahrhundert mindestens eine, seit der Verehelichung und späteren Geburt des Sohnes an neun von zehn Tagen zwei warme Mahlzeiten zu und habe mindestens, allermindestens die zehnfache Menge an Zwiebeln geschnitten wie der Fernsehkoch. Wenn es stimmt, dass Übung den Meister macht, dann müsste ich das doch genau so schnell können. Ich muss einsehen, dass es wohl doch nicht nur von der Übung abhängt. Vielleicht spielt auch noch eine gehörige Portion Talent da mit hinein. Eine Gemeinheit, dass der liebe Gott mich nicht gerade großzügig mit selbigem ausgestattet hat. Naja, gibt's die Tomaten eben in Spalten geschnitten.

Seit einigen Jahren versuche ich mich in einer besonders schwierigen Fähigkeit, nämlich meine Männer dazu zu bewegen, auch mal – außer am Muttertag – eine warme Mahlzeit zuzubereiten. Sie meinen, dass sie das einfach nicht können. Ja, dann müssen sie es halt üben!!! Genauso wie ich in meiner Überredungskunst. – Ich übe noch...

Gefühlte Werte

„Zum Abschluss der Nachrichten hören Sie nun den Wetterbericht. Das Thermometer wird auch morgen wieder kaum über 20 Grad steigen. Die gefühlten Werte liegen allerdings etwas darüber."

Aha. Das Thermometer zeigt 20 Grad an, aber ich fühle 25 Grad. Woher weiß der Wetterfrosch wie ich (mich) fühle, das würde mich nun brennend interessieren. Und wieso fühlt man andere Temperaturen, als das Thermometer anzeigt? Werden morgen alle Menschen so fühlen, als ob es 25 Grad sind? Oder gibt es einige, die nur 20 Grad fühlen? Stimmt dann mit deren Gefühl irgend etwas nicht?

Es ist schon eine ganz komische Sache mit den Gefühlen. Auf ein und dieselbe Situation reagieren die Menschen unterschiedlich, weil sie sich unterschiedlich fühlen. Während der Heuschnupfengeplagte froh ist, dass es regnet – um beim Wetter zu bleiben – fühlt sich ein anderer um seine geplante Fahrradtour betrogen. Einer fühlt sich beim Anblick eines Hundes, der auf ihn zuspringt, in Panik versetzt, ein anderer fühlt dabei großes Glück.

In uns sind wie bei einem Computer auf der Festplatte bestimmte Muster gespeichert.

Und entsprechend fühlen wir. Was für den einen Normalität ist, ist für den anderen eine außergewöhnliche Belastung. Sowie etwas passiert, was unsere Festplatte als ungewöhnlich registriert, fühlen wir anders als sonst. Wenn zum Beispiel ein Feiertag auf einen Mittwoch fällt, dann fühlt sich der darauf folgende Donnerstag an wie ein Montag.

Was sind Gefühle wirklich? Im Brockhaus finde ich den Begriff zwischen Gefriertrocknung und Gegenkolbenmotor. Da heißt es, bei den Gefühlen, nicht beim Gegenkolbenmotor, dass Gefühle seelische Erlebnisse sind, Zustände, die als Stimmung den tragenden Grund für Erleben und Verhalten bilden. Sag ich ja! Seelische Erlebnisse. Wenn meine Seele also 25 Grad erlebt, dann stimmen meine Gefühle. Das ist wie im Loriot-Sketch, in dem die Frau Eier „nach Gefühl" kocht, und der Mann meint, dass man Eier nach der Uhr, und nicht nach dem Gefühl kochen muss. Zum Schluss weint die Eier-Köchin, weil sie glaubt, mit ihren Gefühlen stimme etwas nicht.

Wenn sie, liebe Leserin, lieber Leser, sich fühlen, als ob es ein schöner, lauer Spätsommertag ist, dann lassen Sie dieses Gefühl zu, auch wenn der Wetterbericht behauptet, dass die „gefühlten Werte" unter 20 Grad liegen.

Morgengrauen

Viele Männer, das behaupte ich mal einfach so, sind ohne ihre Frauen doch ziemlich hilflos. Was ich jetzt nicht unbedingt den Männern ankreiden will – denn oft sind wir Frauen selbst Schuld, indem wir unseren Partnern bestimmte Dinge einfach abnehmen. Das fängt vermutlich schon im Kindesalter an. Studien belegen, dass Mütter, obwohl sie es nicht zugeben, ihre Söhne anders erziehen als ihre Töchter. Wenn ein Junge nicht kochen oder abwaschen mag, so wird das eher toleriert, als wenn sich ein Mädchen weigert, gelegentlich Hausarbeiten zu verrichten. Und als ob das alles nicht schon schlimm genug wäre, leben die Frauen ihren mütterlichen Instinkt (oder wie ist ein solches Verhalten wohl sonst zu erklären?) fort, in dem Moment, wo sie eines Mannes habhaft werden. Sie kochen und putzen und waschen, bügeln und, und, und, kurz: Sie nehmen dem Mann den Alltagskram ab. Dumm gelaufen ist das dann, wenn ein Mann, aus welchen Gründen auch immer, mal sich selbst helfen muss. Man hat schon von Herren gehört, die sich nicht mal eine Tasse Kaffee kochen konnten, als sie plötzlich unbeweibt waren.

Vor einiger Zeit ergab es sich, dass ich für eine Woche unser eheliches Zuhause verlassen wollte (ja, wollte! nicht musste). Ich machte mir schon meine Gedanken, ob zu

Hause alles laufen würde. Zur Ehrenrettung meines Ehegemahls muss ich zugeben, dass er sich sehr wohl zu helfen weiß, wenn ich mal nicht da bin. Meistens jedenfalls. Er kann Kaffee kochen, sogar besser als ich, auch seine Sonntags-Morgens-Frühstücks-Eier sind immer auf den Punkt genau richtig, wobei sie bei mir schon ab und zu mal etwas zu hart geraten. Auch um das Mittagessen muss ich mir keine Gedanken machen, falls ich mal außerhäusig sein sollte. Er findet mit sicherem Instinkt die Tiefkühltruhen der Supermärkte und außerdem weiß er, wo das Restaurant mit dem großen M auf dem Dach ist. Das wäre also geklärt.

Aber um eines machte ich mir doch sehr große Sorgen: Die Wahrscheinlichkeit ist ziemlich groß, dass er gar nicht in die Situation kommt, Kaffee kochen oder sich um das Mittagessen kümmern zu müssen. Weil er nämlich gar nicht aus den Federn kommt. Es ist jeden Morgen wieder ein Drama! Um diesen Mann wach zu bekommen bedarf es hoch qualifizierter und tiefenpsychologischer Kenntnisse und Fähigkeiten. Und er seinerseits hat sämtliche Tricks drauf, die mich glauben lassen, er sei bereits aufgestanden oder liege zumindest putzmunter wach im Bett. Er schafft es, im totalen Tiefschlaf grammatisch einwandfreie Sätze zu sprechen. „Ja, ich bin schon im Bad." Das hat er wirklich gesagt, und wusste später nichts mehr davon. Die morgendliche Palette, um ihn wach zu bekommen sieht so aus: Säuseln des Vornamens mit der höflichen Bitte, aufzustehen. Als Antwort kommt wahlweise eine gebrummtes „Ja" oder auch ein sehr höfliches „Jaha". Er verstellt sich, er will mich damit milde stimmen. Doch er pennt weiter. Nach einigen Minuten muss ich zu Handgreiflichem übergehen. Ich zerre am Arm und rufe – immer noch höflich aber lauter – seinen Namen. Ohne Erfolg. Als ich ihn das nächste Mal wecken will ist er gar nicht mehr da. Er hat sich klitzeklein gemacht und seine 1,87 m auf einen Bruchteil seines Bettes zusammengerollt und sich tot gestellt. Doch nicht mit mir. Ich rufe irgendwas von „verschlafen" oder, was ab Mitte Oktober bei ihm wahre Wunder wirkt „Es hat geschneit!". Meistens habe ich ihn nach dieser etwa 20-minütigen Prozedur wach bekommen und bin stolz darauf, meine erste schwierige Tagesaufgabe erfolgreich gelöst zu haben. Aber wie um alles in der Welt will er es schaffen aufzustehen, wenn ich nicht da bin? Er sagte mir jedoch heldenhaft und souverän, dass ich ruhig mit Viola nach Wangerooge fahren solle, ich solle mich amüsieren, ausschlafen, meine Freiheit genießen und es mir gut gehen lassen, ich solle mir um Gottes Willen keine Gedanken um ihn machen. Machte ich aber doch!

Nichts desto trotz genoss ich dann meine Woche, obwohl die Zweifel immer wieder hochkamen. „Na, wie ist es denn so gelaufen?" fragte ich neugierig. Meine schlimmsten

Befürchtungen schlossen sogar eine Kündigung wegen permanenten Zuspätkommens nicht aus. „Gut, alles bestens," antwortete er. Auf meine Frage, wie er denn morgens wach geworden wäre, antwortete er lapidar: „Ich habe den Weckdienst beauftragt."

So einfach können manchmal Probleme aus der Welt geschafft werden. Ich frage mich allerdings doch, ob der Weckdienst nur angerufen hat, oder ob er auch ins Haus gekommen ist.

Millennium-Wahn

Sind Sie auch vom Millenniumwahn befallen? Alle reden nur noch von *der* Jahrtausendfeier, von der Silvesterparty des Jahrtausends, vom bedeutendsten Ereignis schlechthin. Die Modemacher haben sich eine Millennium-Mode ausgedacht, auf minikurzen Röckchen oder unter atemberaubenden Dekolletès sind die Ziffern Zwei, Null, Null, Null eingestickt. (Frage: wann sonst als am 31. Dezember 1999 oder am 1. Januar 2000 soll man diese Stücke tragen?) Es gibt Millenniumgläser (merke: diese Gläser haben statt eines Stiels eine 2000), Millenniumgeschirr, Millenniumsekt und, und, und. Kürzlich hörte ich von einem Millennium-Gewinnsspiel (Kann man da so einen Minirock mit 'ner Zweitausend drauf gewinnen? Oder die anmutigen Sektgläser?). Die Touristikbranche bietet schon lange Jahrtausend-Reisen an und viele Menschen, wollen diese besondere Sekunde auch auf ganz besondere Art und Weise erleben.

Ich weiß nicht, für mich ist das ein Silvester wie jedes andere auch. Diesen ganzen Rummel kann ich nicht so recht nachvollziehen. Da bereiten die Menschen sich monatelang auf dieses Ereignis vor, und im Grunde genommen passiert nichts weiter, als dass der Zeiger der Uhr eine einzige Sekunde weiter tickt. Und außerdem: Die Zeitrechnung begann mit dem 01.01.1, also beginnt auch das nächste Jahrtausend erst am 01.01.2001, alle Aufregung also umsonst. Leute, verschiebt Eure Megasause um ein Jahr!

Allerdings spielt die magische Zweitausend in einer Branche wohl doch eine entscheidende Rolle. Ich meine das Jahrtausend-Problem in der Computerwelt. Diese dunklen Prophezeiungen, die uns die Computerfachleute machen, bedrücken mich schon eine ganze Weile. Sie, die Experten, sprechen davon, dass genau um Null Uhr alles zusammenbrechen wird. Wir werden vermutlich völlig abgeschnitten von der Welt sein, weil nämlich alle – oder zumindest die meisten – Computer abstürzen werden. Und weil heutzutage Computer so gut wie alles steuern und überwachen, wird es um Mitternacht zappenduster bei uns werden. So jedenfalls die Experten. Es gibt keinen Strom, und damit gibt es auch nichts mehr, was unser Leben ausmacht. Keinen Fernseher, kein Radio, kein Telefon. Auch so banale Dinge wie Kühlschrank, Staubsauger und Waschmaschine werden nicht mehr funktionieren. Das mit dem Staubsauger und der Waschmaschine ist nicht so schlimm, ich hatte eh nicht vor, in der Neujahrsnacht meinen Hausfrauenpflichten nachzugehen. Aber das mit den anderen stromabhängigen Geräten, da könnte es schon brenzlig werden. Nach durchfeierter Nacht gibt es weder Kaffee noch Toast, nicht mal eine heiße Dusche!

Ich kann mir nicht vorstellen, dass diese Vorhersagungen eintreffen werden. Wenn Computer-Fachleute sich Programme ausdenken können, die Dinge geregelt kriegen, die man sich noch vor einigen Jahren nichtmal im Traum hätte vorstellen können, wieso haben sie dann nicht daran gedacht, dass das Jahr 2000 kommt? Denn so überraschend kam das ja nun nicht. Von so hochqualifizierten Experten sollte man schon erwarten, dass sie die Möglichkeit in Erwägung ziehen, dass, wenn man das Jahr 1997 schreibt, in ein paar Jahren dann das Jahr 2000 folgt. Vielleicht wollen sie uns nur Angst einjagen, uns manipulieren, damit wir uns neue PC's kaufen. Oder zumindest die Fachleute konsultieren, die unsere Rechner dann „jahrtausendfähig" machen.

Was also tun? Neue Computer installieren, und sich dann ärgern, wenn die, die das nicht getan haben, uns im Januar hämisch angrinsen, weil ihr Rechner noch wunderbar funktioniert? Oder es eben lassen, und dann weinend vor dem Bildschirm sitzen, weil alle Daten, sogar die Silvester-E-Mail-Grüße an liebe Freunde, verschwunden sind? Ich weiß es nicht. Wenn man doch in die Zukunft sehen könnte! Aber leider ist diese Fähigkeit nur einigen gegeben. Vielleicht sollte ich mir selbst die Karten legen oder aus dem Kaffeesatz lesen?

Ach Quatsch, ich lasse alles auf mich zukommen, vertraue unserem Stromlieferanten, und ich bin auch ganz zuversichtlich, dass mein guter, alter Rechner auch am Neujahrsmorgen noch seinen Dienst tut. Und wenn um Mitternacht wirklich der Strom ausfallen sollte – egal, Sekt aus Zweitausend-Gläsern schmeckt auch im Dunkeln. Und mein gewagtes Millennium-Dekolleté wirkt bei Kerzenschein auch ansprechender.

Sonntagsarbeit

Sind Sie schon mal am Sonntagmorgen spazieren gegangen? Es ist still, aus weiter Ferne hört man Kirchengebimmel, kaum ein Auto stört die Stille. Man hört förmlich, dass es Sonntag ist. Keine Hektik, kein Berufsverkehr, nur Genießen ist angesagt.

Am siebten Tage sollst du ruhen. Wie schön, dass wir einen Tag in der Woche haben, an dem uns niemand vorschreibt, was wir zu tun und zu lassen haben. Endlich mal Pause. Im Gegensatz zu früher, zur guten alten Zeit, als alles angeblich noch besser war, gibt es keine Rituale, keine Zwänge mehr. Kein Morgens-in-die-Kirche, kein Sonntags-Nachmittags-Spaziergang (Vater vorneweg, dann die Mutti, Hütchen-Schühchen-Täschchen-passend, dann die lieben Kleinen in Reih und Glied), kein zwingend vorgeschriebener Sonntagsbraten, keine Sonntagskleidung, die man sich nicht schmutzig machen durfte. Heute tut jeder, was er will. Faulenzen, Sport treiben, ja, meinetwegen auch einen Sonntagsspaziergang unternehmen, gerne auch in guter Sonntagslaune. Wie schön, dass es diesen Tag gibt. Arbeit verboten, denn die Firmen und Geschäfte sind zu. Außer den Menschen natürlich, die Berufe haben, vor denen auch das Wochenende nicht halt macht. Krankenschwestern, Ärzte, natürlich auch die Mitarbeiter in Restaurants, die schuften, um uns das Leben angenehm zu machen.

Was sollen wir nun um alles in der Welt mit einem neuen Ladenschluss-Gesetz? Sonntags sollen die Läden geöffnet haben. Genau das brauchen wir. Klar, ich genieße es auch, dass es an der Tanke frische Brötchen gibt. Aber das ist eben nur ein einziger Laden im ganzen Ort, vielleicht noch ein Bäcker, der für ein paar Stunden geöffnet hat. Aber fast alle Läden? Wohin soll das führen? Es gibt dann bald einen Berufsverkehr, denn all die Verkäuferinnen müssen ja zur Arbeit kommen. Es wird, vermute ich, die übliche Hektik in unseren Städten einziehen. Nix mehr mit Sonntagsruhe. Einkaufen können wir doch nun wirklich an den anderen sechs Tagen. Sogar bis abends um acht. Warum wollen so viele am Sonntag diese Alltagshektik? Können – oder wollen – sie nicht mehr abschalten? Oder glauben die Geschäftsleute, dass sieben Tage in der Woche mehr Umsatz bringen als sechs? Ich kann mir das nicht so recht vorstellen, denn es werden wohl nicht mehr Waren verbraucht, bloß weil die Läden geöffnet sind. Man braucht, wenn man sonntags einkaufen kann, nicht mehr Kleidung. Ich zumindest nicht. Mehr essen werde ich mit an Sicherheit grenzender Wahrscheinlichkeit auch nicht. Und ich glaube nicht, dass irgendwer mehr isst, verbraucht, kauft, weil es ihm vielleicht bald am Sonntag möglich sein wird.

Vielleicht sollte Vater Staat nicht ein Gesetz erlassen, das den Menschen die Sonntagsarbeit ermöglicht, er sollte das Gegenteil tun: Per Gesetz verbieten, dass die Leute am Sonntag arbeiten, auch nicht im Haushalt. Merke: Am siebten Tage sollst Du ruh'n.

Nikolaus und Nikola

Es passiert alle Jahre wieder im Dezember. Ein Blick auf den Kalender, und ich muss unumstößlich erkennen, dass das Fest der Feste nicht mehr fern ist. Ich hätte es eigentlich wissen müssen, trotzdem kommt es mir wie in jedem Jahr so vor, als ob ausgerechnet dieses Mal Weihnachten wieder sehr plötzlich kommt. Auf einmal steht die zur Verfügung stehende Zeit in einem äußerst ungünstigen Verhältnis zu den noch zu erledigenden Aufgaben. Die alljährliche Hetze beginnt. Eins, zwei, drei, vier... neun Personen müssen mit Geschenken versehen und eine dreifache Anzahl mit Weihnachtskarten beglückt werden. (Wo ist bloß die Liste, damit ich nicht wieder Onkel Alfred vergesse?). Das ganze Fest vom Heiligabend angefangen bis zum Abend des zweiten Weihnachtstages muss organisiert und geplant werden. Schließlich wollen meine Lieben sowohl kulinarisch als auch geschenkemäßig versorgt und verwöhnt werden.

Meine beiden Männer sehen meinem munteren Treiben zu und machen sich keinen Kopf drum. Advent, Advent, die Mutti rennt... Dieser Spruch ist zwar nicht neu, aber hat leider seine Gültigkeit nicht verloren. Der Herr des Hauses glaubt, mit dem Aussuchen eines neuen Parfums (wahlweise auch Pullover, Pralinen oder Prosecco) und dem heiligabendlichen Aufstellen der Hallelujastaude seine

Pflicht und Schuldigkeit getan zu haben. Weihnachten ist (und bleibt es wohl auch noch eine Zeit lang) Frauensache. Warum eigentlich? Wer kann mir diese Frage beantworten? Dabei ist es doch der Weihnachts-*Mann,* der an diesem Fest eine Hauptrolle spielt. Mir ist aufgefallen, dass es neuerdings auch Weihnachts-*Frauen* gibt. Allerdings sind die wasserstoffblond, haben eine atemberaubende Figur, für Männeraugen zumindest, tragen einen roten Supermini und sind aus Schokolade. Komisch, der Schoko-Weihnachtsmann oder –Nikolaus dagegen ist ein seriöser, älterer, untersetzter Herr mit Rauschebart – sein weibliches Gegenstück, die Nikola ist eine niedliche Kleine, die nicht den leisesten Anschein von Seriosität ausstrahlt. Warum nicht mal einen Nikolaus mit Waschbrettbauch, sexy Po und Kleiderschrankkreuz? Was wollen uns die Hersteller der weihnachtlichen Schokofiguren damit sagen? Dass Frauen sich nicht von attraktiven (Weihnachts-)Männern ablenken lassen sollen, weil sie verdammt noch mal andere Pflichten in dieser Zeit haben? Oder wollen sie damit beweisen, dass sie an die Gleichberechtigung gedacht haben?

Puh, von wegen Gleichberechtigung! Die meiste Arbeit, die das Fest mit sich bringt, bleibt ja doch wieder an uns Frauen hängen. Dieses Jahr habe ich mich allerdings geweigert, die so beliebten wie arbeitsaufwendigen Kekse zu backen. Ich habe meine beiden unmissverständlich wissen lassen, dass ich nicht bereit bin, mehrere Stunden in der Küche zuzubringen, nur damit sie an einem, ich betone an *einem* Abend Kekse naschen können. Die Erfahrung der vergangenen Jahre hat mich gelehrt, dass die Kekse nur dann interessant sind, wenn sie gerade gebacken sind, danach wird den gekauften Dominosteinen, Lebkuchenherzen und dergleichen der Vorrang gegeben. Warum weiß ich auch nicht, vielleicht weil meine Backkünste zu wünschen übrig lassen. Egal warum, ich backe dieses Jahr nicht! Und ich bleibe hart. Mann und Sohn gucken mich an, als hätte ich ihnen soeben den bevorstehenden Weltuntergang prophezeit. „Aber das riecht doch so schön im Haus," murren sie. Sollen sie doch selber Plätzchenduft produzieren! Ich weiß ganz sicher, dass Männer das auch können. Ich habe ihnen schon mal die Zutaten und das Backbuch herausgestellt. Und die Weihnachtskeksdose. Darin befanden sich noch die Kekse vom letzten Jahr, die, die am Backtag nicht alle geworden sind.

Ich werde mich an dem Abend, an dem meine beiden Plätzchen backen, mit meiner Freundin auf ein lauschiges Plätzchen zurückziehen – beim Italiener vielleicht – und werde mal für einen Tag die Hektik vergessen. Vielleicht unterhalten wir uns über Weihnachtsmänner. Sie wissen schon, über solche mit Waschbrettbauch – aber nicht aus Schokolade.

Tierische Partnerschaft

Viele schlaue Leute haben sich Gedanken darüber gemacht, warum manche Paare glücklich sind und in haltbaren Partnerschaften leben, während andere Paare (womöglich im siebten Jahr?) auseinander gehen. Liegt es vielleicht daran, dass man darauf achten soll, dass die Horoskope der beiden optimal zusammen passen? Oder sollten sie beide aus der gleichen gesellschaftlichen Schicht stammen? Macht gar Geld eine Beziehung dauerhaft haltbar? Es muss doch ein wissenschaftlicher Grund zu finden sein.

Kürzlich sind Forscher der Universität Buffalo zu einer erstaunlichen Erklärung gekommen: Sie fanden heraus, dass die Partnerschaften am haltbarsten waren, in denen ein Hautier, vorzugsweise ein Hund, zum Haushalt gehört. So einfach ist das also!

Machen es sich die Forscher da nicht etwas zu einfach? Demnach müssten zerstrittene Partner sich einfach ein Miezekätzchen oder besser einen Bello anschaffen und – schwupps – schon stimmt es wieder mit der Liebe. Na, ob das soo einfach ist?

Ich habe lange nachgedacht und eine Erklärung für dieses Phänomen gefunden: Jemand, der bereit ist, einen Hund in seinem Haus aufzunehmen, muss schon eine gehörige Portion Toleranz mitbringen. Er muss wissen, dass seine Sitzgarnitur vermutlich nur die halbe normalerweise übliche Lebenserwartung hat (und in der Zeit nicht mal annähernd so gut aussieht, wie die seiner tierlosen Nachbarn). Ebenso wird er wissen, dass seine Autorücksitze oft mit gutem deutschem Waldboden verziert sein werden. Es geht kein Weg daran vorbei, dass in einem Hundehaushalt kein weißer Flokati-Teppich in Frage kommt (Ausnahme: der Hund sieht selbst aus wie ein weißer Flokati-Teppich).

Er, der Hundehalter, nicht der Flokati, muss bei seiner Urlaubsgestaltung den Vierbeiner mit einbeziehen. Er wird auch den nicht unbedeutenden Kostenfaktor für Fressen, Leckerlis und Spielzeug nicht außer Acht lassen. Er weiß, dass er in guten und schlechten Tagen (also bei Sonnenschein, Wind und Regen, Schnee, Kälte und grottenschlechtem Schmuddelwetter) morgens, mittags, abends seine Runden drehen muss.

Er ist – oder sollte zumindest sein - sich auch darüber im Klaren, dass es gilt, bei einer Tier-Partnerschaft neben den Freuden auch die negativen Seiten zu sehen und als selbstverständlich hinzunehmen. Ein Hund verbreitet nicht nur unentwegt Friede, Freude, Eierkuchen, er will auch gepflegt, gelobt, gefüttert, geliebt werden, er braucht Ansprache, Zuwendung, Beschäftigung.

Nun, ich verrate kein Geheimnis, wenn ich feststelle, dass dieses genau das ist, was auch ein möglicher Partner will (hier allerdings sollte das Wort füttern durch bekochen ersetzt werden).

Kurz: Ein Tierhalter nimmt nur deswegen vieles in Kauf, weil ihm ein Lebewesen seine Zuneigung und Liebe dafür entgegenbringt. Die meisten Hundehalter sind klug und wissen, dass die Bedürfnisse, die ein Hund hat, auf menschliche Partner zu übertragen sind.

Ein frisch verliebter Mann, der soeben mit seiner Auserwählten zusammen gezogen ist, wird vermutlich denken, damit nun am vorläufigen Ziel seiner Träume angekommen zu sein. Ein kluger Tierhalter jedoch denkt vorzeitig an die oben genannten Pflichten: Beseitigung von Schmutz, finanzielle Mittel für Nahrung und Spielzeug, freien Auslauf gewähren, Mitbestimmungsrecht bei Urlaubsreisen, die Forderung nach Streicheleinheiten und Unterhaltung... Okay, das mit dem verschmutzten Sofa, das stimmt wohl bei den menschlichen Partnern nicht, jedenfalls in den allermeisten Fällen. Aber im Allgemeinen kann man doch annehmen, dass Hundehalter für eine Partnerschaft einfach die besseren Voraussetzungen mitbringen.

Falls Sie, lieber Leser, früher auf das perfekte Outfit Ihrer künftigen Partnerin Wert gelegt haben, bitte ich Sie, das nochmal zu überdenken. Rustikale Kleidung, die hier und da dezente Hundehaare aufweist, könnte durchaus von Vorteil sein.

Und Sie, liebe Leserin, vielleicht sollten Sie in Zukunft bei einem möglichen männlichen Kandidaten nicht auf die Automarke achten, sondern zuerst auf die (hoffentlich) verdreckten Rücksitze.

Gestreifte Krawatten

Es gibt auf dieser Welt eine solche Fülle von Berufen, von denen jeder einzelne wichtig ist. Wir könnten uns den Alltag nicht ohne Bäcker, Briefträger oder Bauarbeiter vorstellen. Und doch gibt es Berufe, die sich mit Dingen beschäftigen, die ziemlich überflüssig sind.

Ich spreche von Statistikern und Meinungsforschern, die alles Möglich und Unmögliche untersuchen und hinterfragen. Und die Ergebnisse, die sie uns geneigten Bürgern vorlegen, sind wirklich in den seltensten Fällen von allgemeinem Interesse oder gar Nutzen. Oder wollten Sie schon immer mal wissen, warum in Hochhäusern keine Maikäfer mehr leben? Was fangen Sie mit einer Statistik an, die beweisen solle, dass dicke Mädchen später keinen Mann finden, oder dass man pupsgesund wird und bleibt, wenn man täglich ein Glas Rotwein trinkt und eine Tomate isst (die Holländer trinken ein Glas Wasser), dass man, je mehr Stress man hat, desto anfälliger für Krankheiten wird (darauf wären wir ohne die Statistiker natürlich nicht gekommen), und dass es in Familien, in denen ein Haustier gehalten wird, harmonischer zugeht?

Ob das alles so notwendig ist, sei dahin gestellt. Auf eine Untersuchung von US-

Psychologen allerdings haben wir Frauen nur gewartet. Sie, die Psychologen, wollten uns Frauen die manchmal sehr lästige und zeitaufwendige Partnersuche erheblich erleichtern. Sie kennen das: Da haben sie einen vermeintlichen Traumprinzen gefunden, und hinterher entpuppt er sich doch wieder nur als nasser Frosch. Sie suchten nach einer ebenso einfachen wie sicheren Methode, wie man einem Mann bestimmte Charaktereigenschaften ansehen kann. Als erstes wurden die Frauen befragt, was ihnen am Allerwichtigsten ist bei einem Mann. Die überwältigende Mehrheit hat sich nicht, wie Sie jetzt vielleicht annehmen könnten, für ein dickes Bankkonto oder die muckibudengestählte Figur entschieden, sondern für die Treue. Die meisten Frauen wollen also einen Partner haben, der treu ist. Also haben die Psychologen so lange geforscht, bis sie fündig geworden sind. Das Ergebnis ist ebenso verblüffend wie erstaunlich: Sie haben nämlich festgestellt, dass frau die Einstellung des Mannes zur Treue beziehungsweise Untreue an der Krawatte ablesen kann. Sie geben uns Frauen dann auch gleich die Patentrezepte mit: Danach, man höre und staune, signalisieren grelle Farben und Pünktchen die Bereitschaft zum Seitensprung. Streifenmuster dagegen deuten auf eheliche Treue.

Aha. Was will uns diese Untersuchung sagen? Zum Ersten, dass die Frauen, die Männer bevorzugen, die keine Krawatten tragen, die Dummen sind. Und zum Zweiten, dass nämlich wir selber Schuld sind an der Untreue unserer Männer, denn eine andere Statistik beweist eindeutig, dass so gut wie alle Krawatten die Ehefrauen kaufen.

Nicht, dass ich viel auf diese Berichte gebe, aber das nächste Geschenk für meinen Ehegemahl wird gestreift sein!

Hadde dudde Massendrahtwahn?

Wieso werden manche Dinge praktisch über Nacht zum Kult? Haben Sie sich das nicht auch schon einmal gefragt? Da schnappt Stefan Raab ein zugegebenermaßen sehr witzig ausgesprochenes Wort auf und macht daraus ein Lied, zugegebenermaßen auch witzig. Dass die Menschen ihn deswegen mögen und feiern, ist auch zu verstehen. Aber warum um alles in der Welt wird so ein Brimborium gemacht um einen harmlosen Zaun und dessen Besitzerin?

Was ist dran an diesem Wahn um den Maschendrahtzaun? Liegt es an der sächsischen Aussprache? Liegt es einfach an ihm, an Stefan Raab? Alles, was er von sich gibt, wird zum Kult. Keiner wird behaupten, dass ein Maschendrahtzaun Kultstatus hat, auch nicht die Frage: „Was hast du da?" in Brabbelsprache ausgesprochen. Warum macht dieses Wort, dieser Satz die Welt verrückt?

Was ist ein Kult? und wie entsteht er? Im Lexikon lese ich, dass Kult eine Art einfache Religion ist. Also, bei allem Respekt vor Stefan Raab – eine Religion? Das wäre doch nun wirklich etwas zu viel des Guten! Hat Kult etwas mit Kultur zu tun? Kultur, so lese ich nach, ist die Gesamtheit der geistigen, materiellen und sozialen Leistungen eines Volkes. Also wirklich, wir wollen doch einen Maschendrahtzaun nicht als unsere geistige Leistung deklarieren! (Wadde hadde auch nicht!)

Kultur ist auch der künstlerische Bereich einer Gesellschaft. Aha! Was ist denn nun die Kunst? Ist es der Zaun an sich? Oder die Art und Weise, wie seine Besitzerin über ihn spricht? Oder ist es der Ohrwurm, den Stefan Raab daraus gemacht hat? Ich überlasse es dem geneigten Leser zu entscheiden, was dabei das Künstlerische ist.

Kultur ist aber auch das Bebauen und Bepflanzen von Ackerland. Na bitte, da kommen wir dem Ganzen doch schon ein Stückchen näher. Schließlich steht der Zaun auf Ackerland und aufgebaut ist er auch. Liegt hier das Erfolgsgeheimnis des Maschendrahtzauns? Nein, nicht wirklich! Es muss noch eine andere Erklärung geben. Kult ist nämlich auch, so verrät mir das Lexikon, das Verhalten, bei dem man bestimmte Personen oder Dinge zu wichtig nimmt. Siehste!

Mal ehrlich: Soo wichtig sind doch nun weder dieser blöde Nachbarschaftsstreit noch „Maschendrahtzauun in the morning..." Das Ganze haben wir wohl wirklich etwas zu wichtig genommen.

Sie entschuldigen mich jetzt bitte, ich schlüpfe mal schnell in meinen grellrosa Jogginganzug und schimpfe ein bisschen mit den Nachbarn herum. Hadde dudde kappidde?

Urlaub zu Hause?

Jetzt beginnt sie wieder, die Zeit der Vorfreude auf den Urlaub. Viele haben schon ihre Urlaubsreise gebucht, andere blättern noch in den bunten Katalogen, um den richtigen Ort und die passende Unterkunft zu finden.

Doch es fragen sich immer mehr Menschen, ob eine Urlaubsreise wirklich sein muss. Es gibt auch eine Menge Nachteile, die so eine Reise mit sich bringt. Da wäre als erstes natürlich der Preis zu nennen. Weiter ist eine Reise mit Strapazen verbunden. Schlange stehen am Flughafenschalter, Stau auf der Autobahn, überfüllte Eisenbahnabteile, das ist alles nicht gerade angenehm.

Wenn man an einen fremden Ort fährt, geht man das nicht zu unterschätzende Risiko ein, in einem drittklassigen Hotel mit ebensolchem Essen untergebracht zu sein. Wie schön hätte man es doch, wenn man einfach zu Hause geblieben wär. Man könnte allabendlich in sein eigenes kuscheliges Bett steigen, man wüsste, wo es die besten Brötchen gibt und wo die Bank ist. Die Öffnungszeiten des örtlichen Schwimmbades sowie der Ruhetag des Lieblingsrestaurantes wären bekannt, den Weg zum Supermarkt fände das Auto auch ohne eigenes Zutun und man verstünde die Menschen und müsste sich nicht drei Wochen lang gestikulierend mit einem Wörterbuch in der Hand verständigen.

Klar, ein Tapetenwechsel tut gut, das soll hier nicht in Frage gestellt werden. Aber denken wir doch an die immensen Wäscheberge, die auf die Hausfrau nach Urlaubsrückkehr warten! Und außerdem hat die Nachbarin den Kaktus ertränkt und die Veilchen vertrocknen lassen. Und, was noch schlimmer ist, die Katze guckt einen tagelang beleidigt nicht mehr an, weil man sie hinterrücks verlassen hat. Das soll ich mir alles antun?

Ja! Ja, das tue ich mir an. Jedes Jahr und immer wieder! Die meisten Hausfrauen werden wissen, warum. Weil nämlich exakt in dem Moment, in dem man sich etwas entspannen will, die Gegenstände in einem Haushalt Geist und Stimme bekommen. So unwahrscheinlich und mysteriös das auch klingen mag. Kaum lege ich meine Beine aufs Sofa beginnen die Fenster zu rufen: „Es ist kein Nebel, sondern Dreck." Glauben Sie mir, meine Gardinen können leise husten, weil sich der Zigarettenqualm in ihnen festgesetzt hat, die Socken in der Schublade quängeln, weil sie der vielen Singlesocken wegen sortiert werden wollen.

Am Urlaubsort rufen nur das Meer, der Tennisplatz, die City. Mag sein, dass auch in der Ferienwohnung die Schränke, Fußböden, Teppiche und Gardinen Stimmen haben. Aber

– Gott sei Dank! – verstehe ich keine Fremd-
sprachen.

Das Big-Brother-Phänomen

Kennen Sie das MC-Donald-Yellow-Press-Phänomen? Das ist jene unerklärliche Tatsache, dass niemand angeblich dieses besagte Schnellrestaurant besucht, es dort aber immer proppevoll ist. Haben Sie schon mal jemanden nach Artikeln aus der so genannten Regenbogenpresse gefragt? Falls ja werden Sie sicher erstauntes Kopfschütteln als Antwort erhalten haben. So etwas liest „man" doch nicht! Aber die Auflagenzahlen dieser Zeitschriften sprechen eine andere Sprache. Soo viele Friseure und Zahnärzte gibt es nun auch wieder nicht. Neuerdings hat sich noch ein weiteres Phänomen in diese Liste eingereiht: Das „Big-Brother-Phänomen". Die meisten Leute behaupten, sie würde es nicht interessieren, was die Menschen im Big-Brother-Haus so tun. Sie reden von billiger Unterhaltung, von Voyeurismus gar. Und überhaupt: Wie kann man sich so einen Quatsch ansehen, und seine kostbare (Fernseh-)Zeit damit vertrödeln, um zu erfahren, wie die Bewohner einen Text für ein Lied dichten, wie viele Kilometer sie radeln können oder – schlimmer noch – wer mit wem und warum.

Ich frage im Bekanntenkreis herum: NIEMAND sieht sich diesen Quatsch an.... Ich schaue auf die Einschaltquoten: Immerhin um die drei Millionen Zuschauer sehen zu! Irgendwie gibt es zu denken, wenn Menschen Dinge tun, die sie anscheinend aber anderen gegenüber nicht zugeben wollen.

Die Gegner von Big Brother argumentieren, die Menschenwürde sei in Gefahr. Ich nehme an, dass die der Bewohner damit wohl gemeint ist, nicht die der Zuschauer. Denn es dürfte sich inzwischen herumgesprochen haben, dass Fernseher so etwas wie einen Um- oder Abschaltknopf besitzen. Zehn junge Menschen gehen freiwillig in ein Haus (in dem sie nebenbei gesagt mit den üblichen zu einem komfortablen Leben gehörenden Waren versorgt sind), lassen sich auf das Experiment ein, was wohl geschieht, wenn man ungefähr drei Monate von der Außenwelt zwar weitgehend isoliert ist, aber doch von dieser beobachtet wird. Was hat das mit Menschenwürde zu tun? Diese Menschen tun das doch völlig freiwillig. Und außerdem steht es ihnen frei, jederzeit das Haus zu verlassen. Ich kenne wahrlich menschenunwürdigere Fernsehsendungen. Aber das ist jetzt nicht das Thema.

Nun suchen auch noch Fachleute, Psychologen und Forscher, die Antwort auf die sowohl entscheidende als auch lebenswichtige Frage, welche schlimmen, gefährlichen (oder doch etwa harmlosen?) Auswirkungen die Sendung Big Brother auf unsere zarten Zuschauerseelen hat. Einige sehen eine Verbindung eines solchen Medienphänomens und der wachsenden Zahl von Suchtkranken in

Deutschland. Sie warnen vor einer Änderung der Persönlichkeit! Wie jetzt? Meine Persönlichkeit verändert sich, weil es mich interessiert, ob Kerstin nun mit Alex hat oder nicht? Oder befürchten sie, dass ich plötzlich anfange, „slat-deutsch" zu reden? Sie sagen, die Personen hätten eine Vorbildfunktion. Frage: Wieso sollen ausgerechnet die Bewohner des Big-Brother-Hauses und nicht die Teletubbies eine Vorbildfunktion in mir auslösen? Oh, oh, ah, ah? Sie warnen, dass wir vereinsamen könnten und dass uns diese Vereinsamung in die Drogensucht treiben könnte.

Diese hochgebildeten Leute müssen sich ja was dabei gedacht haben, uns so eindringlich zu warnen, denke ich mir. Deshalb bleibt heute Abend die Glotze mal stumm. Stattdessen mache ich es mir mit einem guten Roman auf meinem Sofa gemütlich. Ja, ich gebe zu, mit einem guten Roman *und* einem feinen Glas Wein. Der Roman ist wirklich gut. Spannend geschrieben. Ich bin fasziniert, muss weiterlesen, muss einfach wissen, wie es weiter geht. Kann der Protagonist die ihm gestellte Aufgabe lösen? Wird er mit den Problemen, die das Leben hin und wieder mit sich bringt, fertig? Kriegen sie sich nun oder nicht?

Halt! Ist das nicht genau so wie bei Big Brother? Schlimme Bedenken kommen in mir auf. Ich werde bestimmt abhängig. Als Bücher lesender Alkoholiker in der Gosse landen oder ich werde als Soap-Gucker gar den Drogen verfallen. Das Glas Wein auf meinem Couchtisch spricht Bände. Wieso ist es so, dass mich die Schicksale anderer so faszinieren? Wieso möchte ich wissen, wie sich ein Haufen junger Leute versteht? Warum sich einige vertragen, andere wieder nicht? Diese Anteilnahme am Leben und Schicksal anderer wird mich sicher ruinieren. Wie schrecklich!

Ich werde ab sofort abstinent leben. Keine Daily Soap, kein Big Brother, keine Romane. Und Wein auch nicht.

Falscher Hase

Es war wieder so ein Sonntag. So grau. So hoffnungslos. Alle sehnten sich diesen freien Tag herbei, nur Sabina war froh, wenn sie wieder ins Büro konnte. Obwohl es da solchen Ärger gab. Sie konnte den alten Abel, ihren Chef, nicht ab. Er verbreitete schlechte Laune wo er nur konnte. Und es gab auch keinen einzigen Kollegen oder Kollegin, mit der sie sich im Moment verstand. Alles war mies. Nichts lief so, wie sie sich das vorgestellt und gewünscht hatte. Immer nur monotoner Trott. Sie schuftete da in diesem Laden, aber niemals kam eine Anerkennung. Nie kriegte sie das, was ihr zustand. Niemand dachte an sie, niemand beachtete sie, das war jedenfalls ihr Eindruck. Überall Tote Hose.

Mann, das war aber auch mal wieder der perfekte Morgen, um sich in Selbstmitleid zu baden. In letzter Zeit war sie wirklich ein richtiges Ekelpaket, mit nichts zufrieden. Irgendwie konnte sie Jürgen schon verstehen. Er ließ zwar das übliche Blabla hören, von wegen auseinander gelebt und so, aber die Wahrheit war wohl, dass er ihre miese Stimmung nicht mehr ertragen konnte.

„Rrrrrring!" Die Haustürklingel. Wer um alles in der Welt klingelte sie an einem Sonntag Vormittag aus dem Bett? Grrrrr! Bereit, demjenigen die Zähne zu zeigen, lief sie zur Tür. Vor ihr stand der smarte Blumenbote aus dem Geschäft „Blütenzauber". Er überreichte einen bunten Frühlingsstrauß, wünschte noch einen schönen Sonntag und verschwand. Da stand sie, eben noch griesgrämig maulend, nun mit einem Lächeln im Gesicht und einem Blumenstrauß in der Hand. Wer schickte ihr Blumen? Es war keine Karte dabei, stattdessen war ein kleiner brauner Stoffhase in den Strauß eingebunden. Hm, wer wusste von ihrer Hasensammelleidenschaft? Sie musste sofort Franzi anrufen.

Die saß eine Stunde später auf Sabinas Sofa, um mit ihr alle in Frage kommenden „Kandidaten" durchzugehen. „Also, Mädel. Sag an, wer weiß, dass du Hasen sammelst?" „Das wissen alle die, die mich gut kennen. Jürgen zum Beispiel, der hat mich ja oft genug damit aufgezogen, mich Kindergartenkind genannt. Aber er würde mir nie im Leben einen Hasen schenken. Nee du, Jürgen kann's garantiert nicht gewesen sein."

„Also weiter", drängte die Freundin. „Linus, mein Chatfreund, der weiß es auch." „Was? Du schreibst ihm solche intimen Dinge? Na, na, na, du bist doch nicht auf dem Wege in eine dieser viel gepriesenen Internetlieben?" „Nein, ganz bestimmt nicht. Außerdem weiß Linus ja überhaupt nicht, wo ich wohne.

Tja, Andreas, mein Tanzpartner im Verein, der weiß es auch, weil ich ja zu jedem Turnier diesen abgegrabbelten alten Osterhasen als Talisman mitnehme." „Sabina, Sabina, höre ich da nicht diesen gewissen Unterton heraus? Du hast lange nichts von Andreas erzählt." Mensch, musste Franzi in jedem Mann, der ihr mal guten Tag sagte, gleich einen potenziellen Partner sehen? „Nein, Franzi, jetzt hör auf damit. Der kann es absolut nicht sein. Der ist verheiratet und hat zwei Kinder. Wir tanzen zusammen und nichts mehr."

Franzi überlegte angestrengt, sie zog an ihrer Zigarette und blies nachdenklich kleine blaue Wölkchen in die Luft. „Hm, so kommen wir nicht weiter."

Sie überlegte. „Irgendwer muss es doch aber gewesen sein! Mensch, der alte Abel, der weiß es auch!" Franzis Augen wurden größer. „Waaas?" Sie war ehrlich entsetzt. „War der Alte etwa schon bei dir zu Hause? Dein Chef, an dem du noch nie ein gutes Haar gelassen hast? Sollte ich da irgendetwas nicht mitge-kriegt haben?"

Sabina tippte der Freundin mit dem Zei-gefinger an die Stirn. „Du spinnst. Natürlich nicht. Aber auf meinem Schreibtisch sitzt so ein Häschen. Als er mal meinte, so privater Schnickschnack hätte in einem Büro nichts zu suchen, habe ich meinen Hasen vehement verteidigt. Und ich habe ihm auch gesagt, dass ich zu Hause überall Hasen stehen habe und er froh sein kann, dass meinen Schreibtisch nur von einem Exemplar bevölkert wird." Grinsend lehnte sich die Freundin im Sessel zurück. „Mensch, Franzi, da fällt mir noch was ein: Bei dieser Szene stand der Wittmeyer in der Tür, der hat das alles mitgekriegt und tröstete mich hinterher so nett."

„Hm, der Fall wird schwierig, Sabina." Die beiden Freundinnen tranken die geköpfte Flasche Wein leer und kamen überein, dass Sabina sich alle, die von ihrer Hasen-Sucht wussten, in der nächsten Zeit etwas genauer ansehen sollte.

Von diesem Sonntag an war nichts mehr wie es war. Sie sprach ihren Kollegen, Herrn Wittmeyer an, ganz ohne besonderen Grund. Der war hocherfreut, lud sie sofort zum Essen ein. In dessen Verlauf stellte sich jedoch heraus, dass er, der Wittmeyer, zwar an einer Bekanntschaft mit ihr weiterhin mehr als interessiert war, er allerdings die Hasenepisode damals in ihrem Büro längst vergessen hatte. Das war also der erste ausgeschiedene „Kandidat".

Als sie am darauf folgenden Tag mit einer schwierigen Sache zu ihrem Chef ins Büro musste, sah sie ihn plötzlich mit anderen Augen. Auch er war heute ausgesucht höflich. So hatte sie ihn selten erlebt. Selten? Eigentlich noch nie. Sollte er etwa....?

Der Gedanke, dass ihr jemand so einen lieben Blumenstrauß geschickt hat, hatte Sabina völlig verändert. Sie war aufgeschlossener, freundlicher den anderen gegenüber, sah nicht in jedem einen Miesmacher. Sie war richtig fröhlich geworden. Irgendwer hatte ihr diesen Strauß geschickt, und sie war fest entschlossen, herauszufinden, wer es war. Inzwischen hatte sie alle möglichen Leute bereits abgeklopft, außer Linus. Beim nächsten Chat hakte sie vorsichtig nach. Nach einigem Hin und Her stand jedoch fest, dass er ihre Adresse wirklich nicht wusste.

Sabina wurde eine richtig freundliche Person. Sie war sogar zu ihrem Bruder nett, zu dem sie immer ein sehr gespanntes Verhältnis hatte. Sie mochte seine sorglose Art nicht. Er war faul, hasste das Arbeiten und lebte ständig auf Pump. Von ihr jedoch hatte er nichts mehr zu erwarten. Doch das war in der Zeit vor dem Frühlingsstrauß. Als Wolfi eines Abends wieder bei ihr anklingelte, ob sie ihm nicht mal mit einem Hunni aushelfen könne, sagte sie ohne lange zu überlegen ja. Zu Wolfis und zu ihrem eigenen Erstaunen. Wie konnte sie sich so verwandeln?

Und als es dann genau eine Woche nach dem „Blumen-Hasen-Sonntag" wieder an ihrer Tür klingelte, war sie beinahe euphorisch. Bekam sie wieder so einen lieben Gruß? Sie lief summend zur Haustür und öffnete sie. Doch vor ihr stand nicht der Smarte vom „Blütenzauber" sondern zwei ganz und gar unsmarte Polizisten, die sie grimmig ansahen. Ohne große Erklärung hielten sie ihr einen Durchsuchungsbefehl unter die Nase und verlangten Einlass. Sabina war so hart aus ihren Blumenträumen gerissen, dass sie dachte, sie wäre im falschen Film. Ogottogottogott. Hier war doch nirgends aufgeräumt! Hätte sie doch bloß auf ihre Mutter gehört, dann wäre sie immer auf einen Überraschungsbesuch vorbereitet gewesen! Sie war so verdattert, dass sie keine Worte finden konnte, um die Polizisten zu fragen, warum ihre Bude durchsucht werden sollte. Sie dachte nur daran, dass sie hätte aufräumen müssen.

Aber jetzt war es zu spät. Die Beamten machten sich über jeden Winkel in ihrer Bude her, durchwühlten alles. Sie drangen in ihr Schlafzimmer ein, öffneten rüpelhaft die Schubladen der Kommode, auf der sie ihre Hasensammlung platziert hatte. Dabei fielen einige der Hasen herunter. Sabina sendete ein Stoßgebet zum Himmel und schwor, in Zukunft ordentlicher zu sein, wenn dieser Albtraum nur ein Ende hätte! Die Beamten durchwühlten gerade ihre Dessous-Schublade, die nicht gerade besonders aufgeräumt war. Sabina, die ihre Sprache immer noch nicht wieder gefunden hatte, bemühte sich, schnell dort Ordnung zu schaffen, wo die Beamten die Unordnung noch nicht angerichtet hatten. Gleichzeitig überlegte sie, warum ihr so etwas passierte. Sie hatte doch noch keiner Fliege etwas zu Leide getan. Sie formulierte eine Frage an die Beamten.

Doch die marschierten wortlos zur Ausgangstür, ohne sich bei ihr zu entschuldigen.

„Aber..., warum...?" rief sie ihnen hinterher, doch es war zu spät. Die beiden hatten das Haus bereits verlassen. Sie hinterließen eine Wohnung, die aussah, wie auf dem Handgranatenwurfstand. Schlimmer als sie bei ihr selber je ausgesehen hatte. Völlig ungläubig kniete Sabina auf dem Boden, inmitten der heruntergefallenen Hasen.

Ihr Leben war noch vor einer einzigen Woche das stinklangweiligste Leben gewesen, was man sich überhaupt hätte vorstellen können. Und nun passierten auf einmal so komische Dinge. Sie bekam Blumen geschenkt und wusste nicht von wem, ihre Wohnung wurde durchsucht und sie wusste nicht warum. Was war geschehen? So angestrengt sie auch überlegte, sie konnte sich keinen Reim darauf machen, warum die Polizei ihre Hütte durchsucht hatte. Gleich morgen würde sie dort anrufen und um Erklärung bitten. Die unfreundlichen Beamten hatten ihr ja keine Auskunft gegeben. Waren sie dazu nicht verpflichtet?

Sabina erhob sich und begann mit dem Aufräumen. Zuerst klaubte sie die Hasensammlung vom Boden auf. Behutsam setzte sie alle wieder an ihren Stammplatz. Sie nahm den Blumen-Hasen in die Hand und knuddelte ihn so richtig. „Du Süßer, sag', woher kommst du?" Sie wollte ihn gerade auf die Kommode setzen, da sah sie, dass sie wohl zu unsanft mit ihm umgegangen war, eine Seitennaht hatte sich gelöst und aus dem braunen Plüschstoff rieselte etwas heraus. Schock! Was war das? Aus der Füllwatte heraus rann ein feines weißes Pulver durch ihre Hände.

Auch am nächsten Tag konnte sie noch nicht realisieren, was ihr da passiert war. Sie hatte einen Hasen randvoll mit Rauschgift geschenkt bekommen. Was für ein Irrsinn! Und so etwas passierte ausgerechnet ihr, der biederen Sabina. Der, die niemals mit dem Gesetz in Konflikt geraten war, nichtmal wegen Falschparkens. Von wem, um alles in der Welt, kam dieser Hase???

Als sie am Abend vom Büro nach Hause zurückkehrte, befürchtete sie weiteres Unheil. Doch auf den Treppenstufen zu ihrer Wohnung saß nur ihr Bruder, der offensichtlich auf sie wartete. Sie betraten die Wohnung, Wolfi steuerte ungefragt auf die Schlafzimmertür zu, ehe Sabina ihn daran hindern konnte. Zielsicher griff er nach dem gewissen Hasen, umarmte seine Schwester und flüsterte: „Sabninchen, du warst meine letzte Rettung. Es war nur ein Kurierdienst, der mir richtiges Geld eingebracht hat, verstehst du? Als die

66

Bullen davon Wind bekommen hatten, musste ich das Zeug elegant los werden. Danke, Schwesterherz."

Die depressive Waschmaschine

Wie ist das mit Ihren Haushaltsgegenständen? Sind das ganz einfach Geräte, die man kauft, damit sie ihren Dienst verrichten, und die dieses dann auch klaglos tun? Oder geht es Ihnen wie mir? Meine Utensilien jedenfalls haben eine Seele. Ich vermutete das schon länger. Aber die richtige Gewissheit habe ich erst, seit ich meinen Computer angeschrien und aufs Übelste beschimpft habe, als das Programm abgestürzt war. Zuerst war er beleidigt, reagierte mit bedrohlichen Meldungen, doch dann besann er sich eines Besseren und funktionierte wieder. Und das lag ganz bestimmt nicht an meinen technischen Fähigkeiten, glauben Sie mir!

Es gibt Apparate im Haushalt, die sind mir lieb und teuer, andere wiederum mag ich nicht. Zu den Letzteren gehört unter anderem meine Waschmaschine. Ich mag sie nicht, weil Wäschewaschen nicht gerade zu meinen Hobbys zählt. Sie scheint das irgendwie zu spüren. Sie ist erst ein halbes Jahr alt und schon streikt sie. Ich weiß selber, dass ich nicht sehr nett zu ihr war, aber ich kann einfach keine Beziehung zu einer Waschmaschine aufbauen. Ich finde sie so doof. Sie sieht schlecht aus, nimmt mir die Wohnlichkeit im Bad und ist laut und erinnert mich an Arbeit, die ich liegen gelassen habe. Und wenn ich dann gewaschen habe, hat sie zum Dank meine Socken gefressen. Doofe Kuh, die! Naja, nun will sie die Programme gar nicht mehr anlaufen lassen. Ich glaube, sie hat eine Depression, aber ich kann mich darum nicht auch noch kümmern. Hört sie mir denn zu wenn es mir schlecht geht? Nö, keine Spur! Ich kann regelrecht ihren genervten Gesichtsausdruck sehen, wenn ich auf dem Klo sitze und mich über die Ungerechtigkeit in der Welt auslasse. Naja, daran denke ich jetzt gar nicht! Sie bekommt einen neuen Chip und dann soll sie den Mund halten und arbeiten. Mein Mann hat schon gesagt, wenn sie dann wieder Zicken macht, dann geben wir sie ins Waschmaschinenheim und holen uns eine fleißigere Wäscherin. Jawoll!

Auch mein Staubsauger muckt rum. Keine Ahnung, warum. Denn ich habe ihm wirklich nichts getan. Er kennt genau die Stellen, wohin die fitzelkleinen Legosteinchen hinrollen und schnappt sie sich und frisst sie. Aber er weigert sich strikt und konsequent, die Hunde- und Katzenhaare vom Sofa zu saugen. Dieser Mistkerl.

Es gibt allerdings auch Gegenstände in meinem Haushalt, die ich mag. Die Kaffeemaschine zum Beispiel. Ich mag sie sehr und sie zeigt es mir, indem sie schon seit vielen Jahren brav ohne zu meckern ihren Dienst tut. Jeden Morgen verwöhnt sie mich allein schon mit ihrem herrlichen Duft. Ja, meine Kaffeemaschine liebt mich. Und ich sie.

Ein Gegenstand, mit dem ich erst neuerdings auf Kriegsfuß stehe, ist mein Haartrockner. Lange Zeit machte er das, was ein guter Fön zu machen hat, nämlich meine Haare trocknen. Kürzlich jedoch treibt er Schabernack mit mir. Entweder er säuselt so leise und kraftlos, dass ich genau so gut meine Frisur vor der Elektroheizung trocknen könnte, oder aber er pfeift derart in meinen Putz, dass ich hinterher aussehe, als hätte ich in eine Steckdose gefasst. Wissen Sie was? Ein gemeines, hinterhältiges Aas ist mein Fön. Er gönnt es mir nicht, dass die Haare so schön lang geworden sind und nun ist er neidisch. Wahrscheinlich ist mein Fön eine Frau.

Ach ja, und was der Videorecorder für Späße mit uns treibt, das grenzt schon an Sabotage. Er ist der Meinung, die Daily Soaps sind Schund und weigert sich strikt, sie aufzuzeichnen. Ich habe ihn programmiert, freue mich auf die Sendung, stattdessen sehe ich eine Fußballübertragung. „Frauen und Technik", frohlockte mein Ehegemahl. Ich bat ihn, es doch selbst zu versuchen. Am anderen Tag enthielt das Videoband eine Dokumentation über das Liebesleben der Maikäfer. Es hatte also nichts mit meinem Unvermögen zu tun.

So viel zu Computer, Wasch- und Kaffeemaschine, Staubsauger, Fön und Videorecorder. Irgendwie könnte ich mich ja noch mit ihnen allen arrangieren. Aber was die Biester neulich verzapft haben, das glaubt mir keiner.

Während ich im Büro brav und fleißig meiner Arbeit nachging, haben sie sich alle verabredet und einen teuflischen Plan ausgeheckt: Sie gingen allesamt hintereinander im Abstand von je einem Tag kaputt! Das muss man sich mal vorstellen! Auch die Kaffeemaschine, diese Verräterin!

Ich sage Ihnen: WEG! Alles weg! Man kann nicht immer auf andere Rücksicht nehmen und nur das Gute in ihnen suchen. Manche haben nämlich nichts Gutes in sich! Man vernachlässigt sich selber, einem geht es schlecht, den anderen zu Liebe! Damit ist bei mir Schluss! Wer nicht in meiner Gesellschaft funktionieren kann, der wird ausgetauscht. In meinem Leben ist kein Platz und keine Toleranz für Schwächen! Ich habe auch keine!

Weicheier!

Irgendwer (war's Harald Schmidt, der einen Fußballer als Warmduscher „beschimpfte"?) hat einmal damit angefangen, Männer wegen ihrer vermeintlich weichen Art zu verunglimpfen. Das Wort Warmduscher wurde als Schimpfwort ge- und missbraucht. Die Männer fühlten sich ertappt, fühlten sich nicht als richtiger Mann, wenn sie sich morgens unter der Dusche dabei erwischten, wie sie – heimlich – den Warmwasserhahn aufdrehten. Wie schrecklich, nun waren sie wohl auch Warmduscher!

Allein mit diesem schweren Los zu leben ist schon beschämend genug, aber es kam noch viel, viel schlimmer: Neuerdings entstehen fast täglich neue Vokabeln, die eine bestimmte Art von Männern beleidigen sollen. Männer sollen ganze Kerle sein, männlich eben, hart im Nehmen, machomäßig die Zügel in der Hand haben, sagen wo's lang geht. Angeblich soll es Frauen geben, die solche Männer wollen. Sie wollen angeblich keine Weicheier, Warmduscher, Imsitzenpinkler, Fußgängerampelknopfdrücker, Chefgrüßer, Kaffemitmilchtrinker, Beigelbbremser, Saunauntensitzer, Jeansbügler, Imschattenparker, Bergaufbremser oder Ichrufegleichzurücksager. Die ständig neu entstehenden Wortschöpfungen sprechen eine Sprache, die uns Frauen zeigt, wie Männer *nicht* sein wollen: Sie wollen auf keinen Fall Gehwegradler sein, um Gottes Willen auch keine Postkartenausdemurlaubschreiber, keine Schneeballnurmithandschuhwerfer, Tupperpartygänger, V-Auschnittpullovermitkaromusterträger, Klorollenhäkelhaubenmitführer, Ausweisdabeihaber, Happyendweiner, Wunschkennzeichenfahrer, Verfalls- und Beipackzettelleser, Kissenknicker und auch keine, das ist die Krönung der neuen Wörter, Frauenversteher. Nach Meinung der Männer, wollen wir Frauen solche „Helden". Nein, sage ich, *solche* Helden wollen wir genau nicht. Wir stehen auf Männer, die aus hygienischen Gründen öfters mal warmes Wasser an ihre Haut lassen, die aus sicherheitstechnischen Gründen warten, bis die Ampel grün zeigt, die nicht darauf pfeifen, dem Chef und anderen gegenüber eine gewisse Höflichkeit an den Tag zu legen, die Wert auf ihre Gesundheit legen, die sich keineswegs selbst bei jeder sich bietenden Gelegenheit überschätzen und damit prahlen, was sie doch für tolle Kerle sind. Fängt jetzt wirklich wieder dieses Gockel-Macho-Gehabe an? Mal ehrlich, hatten wir das nicht alles schon mal? Vor langer, langer Zeit?

Einige Zweifel kommen in mir hoch, ob wirklich die Mehrzahl der Frauen solche Männer will. Haben wir nicht Jahrzehnte unseres Lebens darauf verwendet, aus von Mutti (v)erzogenen Macho-Männern anständige, liebe, im Haushalt helfende, verständnisvolle Partner zu machen, die liebens- und mit denen ein Zusammenleben wirklich lebenswert ist? Waren wir nicht zu Recht stolz auf unsere Erfolge? Und nun sollen wir tatenlos zusehen, wie unsere Lieben mit solchen Ausdrücken verunsichert werden? Nein, wir werden etwas dagegen unternehmen! Wir werden es ihnen dadurch zeigen, indem wir ihnen vor Augen führen, was passieren würde, wenn auch wir Frauen einen Rückschritt von zwanzig, dreißig Jahren durchmachen würden: Sagt, ihr Männer, wollt ihr wirklich NichtindenTopfgucken-lasserinnen, Immeringeblümterkittelschürze-herumlauferinnen, Keingeldverdienerinnen, Andiekinderniemandenheranlasserinnen, Au-ßerhaushaltkeineinteressenhaberinnen, Mannhathochzeitstagvergessenundwein-krämpfebekommerinnen, Beijedemstäub-chenhinterherwischerinnen, oder gar Ichliebe-dichundwenndueinanderesweiblicheswesen-anguckstschlageeichdichtotsagerinnen? Nein, das wollt ihr doch nicht wirklich, nicht wahr? Hey, Männer, sagt ja zu euch selbst! Steht dazu, dass ihr im Sitzen pinkelt, eure Chefs grüßt, gelegentlich die Straßenverkehrsord-nung einhaltet und bei einer Schnulze auch schon mal ein Tränchen vergießt. Glaubt uns: Wir lieben Frauenversteher!

Wie wiege ich mich richtig?

Letzte Woche wollte ich nett sein und dachte, ich werde mal so eine arme Digitalwaage von ihrem tristen Dasein in einem dunklen Lager bei Neckermann erlösen und ihr ein schönes, neues Zuhause geben. Und wie dankt sie es mir? Gar nicht. Dabei habe ich die Diätempfehlungen der Illustrierten auf's Gramm genau befolgt. Tagelang, ach, was sage ich, wochenlang. Aber es tut sich einfach nichts. Ich sage Ihnen was: Meine Waage ist eine Zicke. Sie ist vermutlich weiblich und ist schlicht und einfach neidisch. Sie gönnt mir den Erfolg nicht (der sich selbstverständlich eingestellt haben muss) und zickt rum. Einfach so. Um mir den Tag und meine gute Laune zu vermiesen, sagt sie mir nicht die Wahrheit, diese Lügnerin, die!

Aber nun bin ich ja nicht jemand, der sich so einfach anlügen lässt. Schon gar nicht von einer unkooperativen Waage! Ich fragte meine Freundinnen danach, wie man ungehorsame Waagen beeinflussen kann. Sie werden genau so überrascht sein wie ich, denn es gibt eine Vielzahl von ungeahnten Möglichkeiten! Man braucht sich wirklich nicht mit einem kümmerlichen Waageergebnis zufrieden zu geben. Hier nun einige Ratschläge, wie man in kürzester Zeit zu einem Erfolgserlebnis gelangen kann:

Pickel ausdrücken, Nase putzen, Beine rasieren, gegebenenfalls Kopfhaare rasieren (in der Regel nur für Männer relevant), ein Körperpeeling machen, um Hautschuppen zu entfernen, Zähne putzen und, ganz wichtig, Zahnzwischenräume reinigen, räuspern und ausspucken, alle Piercings entfernen, Tatoos entfernen lassen (ja, man muss eben ein bisschen Zeit investieren), Schmuck ab, das ist klar, Augenbrauen zupfen, Fingernägel reinigen und raspelkurz feilen, Nagellack entfernen (gilt in der Regel nur für Frauen), für ältere Mitstreiter Beißerchen in's Glas, Hornhaut an den Füßen entfernen und schließlich ein sehr weiser Rat: Kontaktlinsen entfernen, was sich nicht nur gewichtsmäßig bemerkbar macht sondern auch deswegen ausgesprochen praktisch ist, weil man dann die Zahl auf der Waage nicht so gut erkennen kann. Auch ein Friseurbesuch kann unter Umständen beachtliche Resultate bewirken. Schließlich kann sich auch das In-der-Hand-Halten mehrerer Luftballons recht positiv auswirken. Und wer ein wenig Zeit erübrigen kann, der sieht sich noch eine Liebesschnulze je nach Charakter wahlweise mit oder ohne Happy-End an, um noch ein paar gewichtige Tränchen zu vergießen.

Weil ich ein braver Mensch bin, habe ich das alles befolgt. Okay, das meiste. Das Ergebnis entsprach trotz alledem eher nicht meinen Vorstellungen. Ich frage mich wirklich, was ich noch tun soll.

Sagen Sie mal: Wieviel wiegt eigentlich ein Blinddarm?

Ich hab' das schon mal vorbereitet

Es gibt immer noch viele Männer, die behaupten, fast alles besser zu können, als Frauen. Sie könnten schwere Koffer schleppen, würden sich mit Autos, Fußball, Computern besser auskennen, überhaupt, sie wären uns eben einfach überlegen. Fertig, aus.

Was mir neulich passiert ist, als ich mein Stimmchen erhob, um meine Einwände kundzutun? Ich brachte unter anderem das aussagekräftige Argument auf den Tisch, dass viele Männer immerhin freiwillig behaupten, wir Frauen können besser kochen. (Ich weiß es heute, sie sagen es uns Honig-ums-Maulschmierender-Weise, damit sie es nicht selber tun müssen). Wie aus der Pistole geschossen kam das Gegenargument, dass die überwiegende Mehrzahl der Berufsköche männlich ist. Und vor allem die Sterne-Köche. Auch die Fernsehköche seien überwiegend Männer. Weil ich eine kluge Frau bin, stimmte ich meinem Gegenüber zu. Ich ließ ihn erstens im Glauben, mal wieder Recht gehabt zu haben und zweitens in dem Irrglauben, dass Männer tatsächlich die besseren Köche sind.

Pah! Nehmen wir doch mal das Beispiel der Fernsehköche. Ist Ihnen schon einmal aufgefallen, dass immer alle Zutaten fein säuberlich parat stehen, wenn sie ihr Werk beginnen? Schnittlauch, Petersilie, gehackte

Zwiebelchen, alles schon fix und fertig. Die Kartoffeln sind geschält, das Gemüse ist perfekt geputzt, ein fertiger Braten brutzelt bereits in der Röhre.

„Ich hab' das schon mal vorbereitet", strahlt der Fernsehkoch in die Kamera. Ich glaube ihm das „Ich" nicht. Ich vermute stark, dass das die flinken Hände einer fleißigen Frau „schon mal vorbereitet" haben. Denn es ist schon deshalb unglaubwürdig, weil die Köche die Zutaten, die anmutig in klitzekleinen Schüsselchen verteilt sind, meistens nicht ganz leeren. Ich bitte Sie! Welche kochende (und rechnende) Hausfrau schneidet Zwiebeln oder hackt Petersilie, um dann nur die Hälfte davon ins Essen zu geben? Das würde eine Frau niemals tun! Eine Frau hackt so viele Zwiebeln wie sie braucht, schält so viele Kartoffeln, wie für das Essen benötigt werden. Nicht mehr und nicht weniger. Jemand, der von einem Bund in hauchfeine Scheiben geschnittene Radieschen gerade mal fünf Stück in den Salat tut, wirkt auf mich keineswegs kompetent, eher zweifelhaft.

Und das Kochen selber: zum Beispiel, kleine, verzierte Butterstückchen, um sie dann in der Pfanne goldgelb zu zerlassen! Welche Frau würde so einen Unsinn tun? Und Fünf-Gänge-Menüs kochen für eine einzige Person! Männer!

„Ich hab' das schon mal vorbereitet", sagte der Fernsehkoch, ging heim und setzte sich an den (von seiner Frau) gedeckten Tisch und aß sein (von seiner Frau gekochtes) Abendessen.

Kofferpacken

Ich packe meinen Koffer und nehme mit meinen Föhn, ich packe meinen Koffer und nehme mit meinen Föhn und meine BRIGIT-TE, ich packe meinen Koffer und nehme mit meinen Föhn, meine BRIGITTE und mein...

Ein beliebtes Spiel, um langweilige Partys in Schwung zu bringen. Aber zwei Tage vor der Abreise, ist es alles andere als ein Spiel, bitterer Ernst ist daraus geworden. Was gibt es nicht alles zu bedenken? Die Reiseapotheke muss mit, Nadel und Faden für eventuell anfallende Reparaturen, Unterwäsche, Badesachen, Taucherbrille, Bücher und Zeitschriften. Ach, und die Klamotten! Ein Drama jedes Mal, wenn ich überlege, was ich einpacken soll. Man muss und will für jede Gelegenheit die richtigen Sachen dabei haben. Schließlich weiß man im Voraus ja nicht, wie das Wetter wird. Leichte Tops für die große Hitze, Strickjacke, falls es abends doch etwas maikühl sein sollte. Die neue Bluse muss mit und der lange Rock. Vielleicht wollen wir ja mal ganz toll ausgehen...

„So ein Schmarrn!", sagt mein Mann und nimmt auf die Bermudas nur T-Shirts und die Hosen mit, die der Inselgruppe ihren Namen gaben (oder war's umgekehrt?). Soll er machen, ich jedenfalls will auswählen können.

Ein bisschen nervt er mich schon mit seiner Predigt über die Nachgebühr, die wir am Flughafen für die Extra-Kilos, die mein Koffer wiegt, berappen müssen. Mann! Wie kann man nur so kleinlich sein! Und das im Urlaub.

Der Urlaub war übrigens sehr schön. Inklusive Wetter. Heiß und sonnig. Ich musste mir eine Reihe T-Shirts und Bermudas kaufen. Okay, ich will's nicht wieder tun, und so viel mitnehmen. Für den nächsten Urlaub packe ich nur die soeben erstandenen Shirts und Hosen ein. Wohin wir fahren? Im Februar ins Kleinwalsertal.

Von Männermagazinen und Frauen-zeitschriften

Jeder Mensch hat eine Schwäche für irgendwas. Bei mir, ich gestehe, sind es Frauenzeitschriften. Ich liebe es, mich bewaffnet mit einem Stapel Illustrierten, in meine Sofaecke zu verziehen und zu schmökern. Auch wenn Mann und Sohn mich belächeln, ich bleibe dabei: Es ist herrlich, in solchen Zeitschriften zu blättern. Das, was mich nicht interessiert, wird einfach überschlagen. Die Modeseiten zum Beispiel mit Models, die aussehen wie 'ne Hundehütte (in jeder Ecke Knochen) und mit Klamotten, die ich mir auch bei Verdoppelung meines Gehalts nicht leisten könnte. Aber es gibt ja noch eine Fülle von Interessantem: Man erfährt News aus Kunst, Musik, Literatur. Es gibt nützliche Haushaltstipps (wie man wirklich Ei-, Blut-, Kakauflecken aus weißen T-Shirts bekommt), Kosmetikseiten (welche Frau mogelt nicht hier und da ein bisschen?), Starinterviews (was ich schon immer über Soundso wissen wollte aber nie zu fragen wagte), Rezepte, wunderbare Reiseberichte, die einen träumen lassen, gelegentlich auch mal handfeste psychologische Ratschläge (Empfehlungen über den Umgang mit Chefs und Vorgesetzten) und die neuesten Trends in Sachen Styling für den Job.

Ich verbringe den Samstagnachmittag mit meinem Stapel Frauenzeitschriften in meiner Sofaecke und mein Liebster belächelt mich mal wieder. Warum? Warum belächeln uns die Männer? Können sie sich nicht vorstellen, was wir an diesen Journalen so interessant finden? Dass sie selbst keine Frauenzeitschriften lesen, ist ja auch logisch. Weiberkram ist das, sagen sie.

Nun wollte ich es aber doch mal wissen. Bei meinem nächsten Kioskbesuch kaufte ich einige Männermagazine (nein, nicht das mit dem Häschen), um herauszufinden, was Männer *wirklich* interessiert. Gespannt verzog ich mich mit meiner Illustriertensammlung, zur Tarnung lag obenauf die BRIGITTE. Ich schlug das erste Magazin auf und traute meinen Augen nicht, als ich sah, was Männer wissen wollen: Es gibt Modetipps, Kosmetik für den Herrn von Welt, Starinterviews, Einkaufsratgeber, Psychotipps und Reiseberichte. Alles identisch!

Ab sofort kaufe ich nur noch Männermagazine, denn da gefallen mir auch die Modeseiten. Wegen der ausgesprochen gut aussehenden Models.

Wer Ordnung hält...

„Hast du meine Schlüssel gesehen?", ruft mein Sohn. Nein, hab ich nicht. „Wo sind denn meine Turnschuhe?", tönt es aus dem Kinderzimmer. Weiß ich nicht. Gleich darauf: „Wo, verdammt noch mal ist mein Handy, Mama!" Ich weiß es nicht! Er soll seine Sachen dort hin legen, wo er sie auch wiederfindet. Das kann doch nicht so schwer sein! Ich kann das doch auch! Wieso ist er so unordentlich? Wir als Eltern sind ihm doch ein Beispiel!

Wissenschaftler haben jetzt ausgerechnet, dass jeder von uns ein Jahr seines Lebens mit Suchen verbringt. Ein ganzes Jahr! Was könnten wir mit so vielen Stunden, Tagen, Wochen, Monaten alles anfangen? Ganze Bücherserien lesen, eine Sportart erlernen, 20 Pullover stricken (je nach Geschicklichkeit und Garnstärke gern auch ein paar mehr), oder - eine irre Vision – ein ganzes Jahr lang faulenzen! Stattdessen verlegen wir unsere Handys, Einkaufszettel, Kugelschreiber, oder auch die Brille (bitte zu allererst auf dem eigenen Kopf nachsehen!). Und dann geht die Sucherei los. Vertane Zeit, die wir mit ein bisschen Überlegung und Planung viel besser nutzen könnten.

Wir sollten uns eine Liste mit allen wichtigen Gegenständen anfertigen und jedem einen Platz zuweisen. Vielleicht mag das anfangs noch etwas lästig sein, aber man wird sich daran gewöhnen. Es ist halt viel einfacher, die Turnschuhe einfach so von den Füßen zu schleudern, als sie zurück in die Sporttasche zu packen. Trotzdem, es ist die Mühe wert. Ich versuche das, meinem Kind klar zu machen. Das allerdings hat nicht so viel Verständnis für meine Aufklärungsaktion. Die verlorenen Stunden sind ihm schlicht schnurz (logo, Mama sucht ja die Turnschuhe) und er nickt zwar ergeben aber ich sehe seinem Blick an, dass er meine Predigt einfach über sich ergehen lässt und auch heute wieder irgendwas suchen wird, weil er es in mal wieder in eine Ecke gepfeffert hat.

Ich gehe mal davon aus, Generationen von Eltern versuchten und versuchen es immer noch vergeblich, ihren Kindern Ordnung beizubringen.

Fast hatte ich schon resigniert. Doch dieser Bericht hat mir die Augen geöffnet. Angesichts solcher Zahlen! Ich frage mich, wie die Wissenschaftler diese Untersuchung durchgeführt haben. Haben sie auch herausgefunden, wieviel Zeit man darauf verwendet, seine eigenen oder die verlegten Sache von anderen zu aufzufinden? Wäre sicher interessant zu wissen. Wir Eltern geben unseren Kindern ein gutes Beispiel, halten in unseren Sachen Ordnung, verbringen also erheblich weniger Zeit, unsere eigenen Sachen zu suchen. Stattdessen suchen wir die unseres Nachwuchses. Eine Ungerechtigkeit. Aber damit ist jetzt Schluss. Diese Untersuchung hat mir die Augen geöffnet! Ich werde kein Jahr meines Lebens damit vergeuden, um verloren gegangene Turnschuhe und Ähnliches wieder zu finden!

Besonders beeindruckend an dem Bericht war, was der Durchschnittsbürger am meisten verlegt. Es ist das Portemonnaie. Ausgerechnet. Wo wir doch gerade an unserem so hart verdienten Geld so hängen. Irgendetwas in uns lässt uns anscheinend leichtsinnig sein, wenn es um die Aufbewahrung unserer Taler geht. Teilt uns unser Unterbewusstsein auf diese Weise etwa mit, dass wir das Geld nicht allzu wichtig nehmen sollen?

Nun aber zu dem Gegenstand, den wir am zweithäufigsten suchen müssen. Auch ihn lieben wir sehr, trotzdem ist er dauernd verschwunden: die Fernbedienung. Die Gründe dafür? Ich kann mir gut vorstellen, dass unser weises inneres Ich uns auf diese Art und Weise mitteilen will, dass wir viel zu viel Zeit vor der Glotze verbringen.

An dritter Stelle nun, und das sollte uns wirklich nachdenklich machen, steht der Ehering. Einen Kommentar darüber, was das zu bedeuten haben könnte, überlasse ich lieber dem geneigten Leser.

Ich habe keine Lust mehr, so viel Zeit zu vergeuden, ich werde von nun an nur noch meine eigenen Sachen suchen....Ähäm...wo zum Donnerwetter stehen auf meiner Datei die Mailadressen der Redaktionen, an die ich diesen Text verschicken will? „Manfred, hilfst du mir mal Suchen?"

Wetten dass?

Eigentlich finde ich Wetten albern. Ich meine nicht die unterhaltsame Samstagsabendshow. Ich meine, wenn zwei Leute wetten, um irgendwas, Geld oder Sonstiges. Und hinterher hat einer Recht. Es geht doch irgendwie nur ums Rechthaben, hab ich Recht? Also ich wette so gut wie nie. Außer, wenn ich weiß, dass ich gewinne. Besonders mit meinem Sohn, der so oft Recht haben will. „Wetten, Mama, dass die Single von Will Smith am Montag raus kommt?"

Ich: „Wetten, nicht?" Ich weiß, dass er mit diesem Wettspielchen nur das nötige Kleingeld frühzeitig ertrotzen will. Oh nein, mein Lieber. Ich wette nur, wenn ich mir ganz sicher bin. Auf diese Weise habe ich mir schon eine Menge erwünschte Tätigkeiten kindlicherseits ertrotzt: Aufräumen zum Beispiel, ein Sonntagsfrühstück ans Bett und vieles mehr.

So wie neulich. Ich verkündete stolz im Familienkreis, dass ich beabsichtige, eine Homepage einzurichten. Darauf mein Sohn: „Kannste nich!" Ich: „Kann ich doch!" Sohn: „Wetten nein?" Ich: „Wetten doch?" Sohn: „Worum wetten wir?" Ha, günstige Gelegenheit, dachte ich mir. Mein Vorschlag ein Besuch beim Italiener gegen ein aber auch tip-top aufgeräumtes Zimmer wird sofort angenommen.

Das wär ja wohl noch schöner. Ich bin schon mit Computern umgegangen, als ich noch seine Windeln wechselte und nun will er so was besser können? Peh!

Ich besorgte mir also die entsprechende Software und legte los. Das woll'n wir doch mal sehen, wer hier was gewinnt. Ich wurschtele mich durch die Anleitungen: Von Hyperlinks ist die Rede, von Formatierungscodes, von Animation.... Sport-Animationen kenne ich aus dem letzten Urlaub, mir ist der Ausdruck auch in anderen Zusammenhang bekannt, Animierdamen kommt es mir in den Sinn. Aber ich will doch nur diese doofe Homepage erstellen. Also, ruhig Blut und weiter lesen: Frames, und Metatags. Aha. Und Stylesheet. Was'n das nun wieder? „Schiet", rutscht es mir heraus. Aber es wird heutzutage dem Anwender ja einfach gemacht. Zu jedem Wort gibt es ein Hilfethema. Ich klicke auf Stylesheet und bin sofort im Bilde. „Cascading Stylesheet, das in eine Seite eingebettet ist. Formatsvorlagen in einem eingebetteten Stylesheet können nur der Seite zugewiesen werden, die das Stylesheet enthält. Sie erweitern die Formatvorlagen, die in einem externen Stylesheet festgelegt wurden, das mit der Seite verknüpft ist."

Nee, is klar!

Die sehr kleinlaute mütterliche Stimme aus dem Büro in Richtung Kinderzimmer: „Fredy, kannste mal gucken?"

Die Moral von der Geschicht? Essen: lekker – Zimmer: nicht!

Schrei mich nicht an!

Es ist wirklich erstaunlich, was Computer alles mit einem Menschen anstellen können! Sie meinen, es müsste umgekehrt heißen? Nun ja, sicherlich arbeiten die Menschen mit ihren Rechnern, aber ich habe es gehört und gelesen und zum Teil selbst erlebt, dass Computer dazu fähig sind, ihre Menschen zu den absonderlichsten Tätigkeiten zu bewegen.

Ein Beispiel: Die ganze Familie sitzt im Wohnzimmer und genießt den Feierabend. Selbst Hund, Katze, Maus haben es sich gemütlich gemacht und lassen den Tag ausklingen. Urplötzlich steht der Ehemann und Vater auf und meint bedeutungsschwer: „Ich gucke mal schnell, was der da oben macht." Sprach's und verschwand. Ich wurde ziemlich nachdenklich. Sollte etwas so Gravierendes wie Familiennachwuchs an mir vorübergegangen sein? Mein Gedächtnis lässt mich mitunter etwas im Stich, aber so weit konnte es doch noch nicht gekommen sein. Wer war „er"? Hatten wir Besuch, dessen Ankunft ich nicht mitbekommen hatte? Oder, nicht minder beunruhigend, die Vorstellung, mein Ehegemahl wäre soeben dabei, den Verstand zu verlieren. Er sprach mit jemandem, der gar nicht da war. Bedenklich, bedenklich! Noch wie ich so nachsinne, höre ich aus dem Munde meines wohlerzogenen Mannes Schimpfwörter aus dem Büro zu mir nach unten dringen.

Schimpfwörter, das ist gelinde ausgedrückt. Er fluchte, wie ich es noch nie von ihm gehört hatte.

Neulich las ich in einer Illustrierten, dass 30 % aller Anwender schon einmal gegen ihren Rechner tätlich geworden sind. Das muss man sich mal vorstellen: Erwachsene, intelligente Menschen reden mit ihren Computern (wobei ich mich wirklich frage, ob sie wirklich mit dem Rechner, oder mit dem Bildschirm reden – beides ist an sich unsinnig) oder erheben gar die Hand gegen ihn. Das ist ja so, als ob ich die Kartoffeln in ihrem Topf anschreie, sie sollten gefälligst schneller gar werden.

In einer Fernsehsendung, die Filme zeigte, die mit versteckter Kamera aufgenommen worden waren, sah man einen Mann vor einem Computer, der zunächst auch nur schimpfte. Der Mann, nicht der Computer. Nun, das wird jeder kennen, der je länger als zwei Stunden an einem Rechner saß. Danach hämmerte er unkontrolliert auf die Tastatur ein, später zertrümmerte er den Bildschirm. Also wirklich!

Hey, Leute! Hört mir zu, ein Computer ist eine Maschine! Nicht mehr und auch nicht weniger. Es hat keinen Sinn, so überdreht zu reagieren. Ein Computer rechnet. Er tut nur das, was sein Programmierer ihm geboten hat zu tun, und was der Anwender ihm eingibt.

Computer sind so. Sie tun nur das, was sie können. Wir Menschen sollten uns ein Beispiel daran nehmen. Wir probieren und machen und tun, um unseren Rechner dazu zu bewegen, etwas zu tun, was er offensichtlich nicht kann.

Seit ein paar Stunden probiere ich nun, dieses wunderschöne Sonnenuntergangsfoto in den Brief an meine Freundin einzufügen, er macht es nicht. Er kann es einfach nicht. Warum steht da „Einfügen, Grafik, aus Datei, Laufwerk C, Sonnenuntergang, einfügen, okay.“ Und er fügt nicht ein? Warum nicht? Dieser Kotzbrocken, dieses verdammte Mistvieh. Das muss doch gehen.

Ich habe den Brief dann von Hand geschrieben, weil er sich auch nicht mehr ausdrucken ließ (Der schwere Ausnahmefehler XYZ ist eingetreten. Alle nicht gespeicherten Daten sind verloren). Ein Sonnenuntergangsbild habe ich gemalt. Es sieht gut aus. Ein Aquarell, durchnässt von meinen Wutränen. Ich weiß es jetzt: Ich hätte ihn nicht anschreien dürfen.

Abschiedsbrief

Ja, mein Lieber. Heute ist es so weit. Es hat lange gedauert, bis ich mich zu diesem Schritt durchgerungen habe. Ich habe lange überlegt, ob ich dir das antun kann. Aber all meine Überlegungen hatte ein einziges Ergebnis: Wir müssen uns trennen.

Wir sind nun schon so viele Jahre zusammen, nein Jahrzehnte sind es ja schon. Du weißt, wie oft ich versucht habe, Dich loszuwerden. Aber du warst immer so anhänglich. So übermenschlich treu. Du hast es immer wieder geschafft, dass ich am Ende doch nachgegeben habe.

Obwohl ich all die vielen Jahre nicht wirklich glücklich mit dir waren, so hatten wir beide uns unser Leben doch ganz gut eingerichtet, hatten uns eben arrangiert. Es ging uns eigentlich gar nicht so schlecht. Auch einige Leute haben gesagt, dass wir einfach zusammen gehören, du und ich. Wir passen zusammen, haben sie gesagt. Sie könnten sich nicht vorstellen, dass wir eines Tages getrennt wären.

Aber was wissen die Leute, wie's in mir drinnen aussieht?

Am Anfang unserer gemeinsamen Zeit war's noch nicht so schlimm, aber nun kann ich's kaum noch ertragen. Und ich kann es gar nicht abwarten, bis du endlich fort bist. Du schränkst mich ein mit deiner Anhänglichkeit, du nimmst mir einen Teil meiner Lebensfreude. Du engst mich ein. Und das, das kannst du mir glauben, ist schon seit langer Zeit so. Es hat mich gekränkt, dass Du meine Versuche, Dich loszuwerden, ignoriert hast, sie ins Lächerliche gezogen hast und nur noch mehr an mir klebtest. Ich will jetzt aber nicht mehr.

Jetzt ist Schluss damit, hörst du? Ich will Dich nicht mehr! Es ist aus!

Morgen beginne ich die Diät, mein lieber Bauch.

Der kleine Unterschied

Männer sind anders – Frauen auch. Das ist keine Neuigkeit. Und im Prinzip haben wir uns ja damit auch arrangiert und kommen, zumindest meistens, ganz gut miteinander klar. Doch es gibt Fälle und Situationen, da stehen einer Frau schon mal die Haare zu Berge, wenn Mann nun so ganz anders tickt als Frau. Bestimmte Verhaltensweisen können wir Frauen einfach nicht verstehen und unterstellen den Männern so Negatives wie Ignoranz, Arroganz, Machogehabe, Unverständnis und einiges mehr.

Wir tun den Männern Unrecht. Wissenschaftliche Untersuchungen haben nun belegt, dass das uns Frauen manchmal etwas merkwürdige Verhalten der Männer durch ihre Gene bestimmt wird. Ab sofort haben Männer für ihr Benehmen die perfekte Ausrede. Es liegt einfach in den Genen. Fertig, aus. So einfach ist das!

Dass Männer keine oder kaum Selbstzweifel haben, dürfte hinlänglich bekannt sein. Aber das, was uns schockt ist die Nachricht, dass sie gar nichts dafür können!

Was, Sie glauben das mit den Selbstzweifeln nicht so ganz? Hier ein paar Beispiele: Der Service-Chef eines der größten Softwareunternehmens berichtet, dass pausenlos von Männern Beschwerden eingehen, von Frauen kaum. Frauen gehen bei einem Computerproblem zunächst einmal davon aus, dass sie selbst Schuld sind, Männern kommt so etwas nicht in den Sinn. Für sie ist am Programm etwas falsch, wenn es nicht funktioniert. Tatsache ist aber, so die Mitarbeiter der Firma, dass 97 % der beanstandeten Fehler weder von der Hard- noch von der Software verursacht wurden! Was will uns dieses Beispiel sagen? Na?

Zweites Beispiel: Wenn eine Frau die weiblichen Models auf dem Laufsteg sieht, stellt sie Vergleiche mit sich selbst an und entdeckt überall verbesserungswürdige Unzulänglichkeiten. Ein Mann, der ein männliches Model sieht denkt: „Ja, so ungefähr sehe ich aus."

Ist das einfach typisches männliches Machogehabe? Nein, klären uns die Wissenschaftler auf. Seit Jahrmillionen ist es so, dass ein Mann sich präsentieren muss, um eine Frau zu bekommen, und eine Frau muss/darf/sollte auswählen. Es ist also genetisch festgelegt, dass ein Mann sich als der Schönste, Größte, Beste, Schlaueste und Potenteste geradezu halten muss, damit er mit diesem Bewusstsein und ohne jegliche Selbstzweifel den Damen gegenüber auftritt, um sie zu überzeugen. Gelingt ja auch oft.

Naja, nach dem Studium dieses Wissenschaftsberichtes wird mir einiges klarer. Wir sollten wirklich toleranter umgehen mit unseren Männern. Sie können doch wirklich nichts dafür. Gut nur, dass in dem Bericht, sozusagen als Nebenprodukt, herausgekommen ist, dass die Frau es ist, die auswählt.

Männer, merkt euch: Wir Frauen nehmen nicht den ersten, sondern den besten.

Netaholic

Der Internetwahnsinn greift um sich! Wenn früher die Menschen in ihrer Freizeit wandern gingen oder Federball spielten, so gibt es immer mehr Leute, die von dem Bildschirm nicht mehr wegzukriegen sind. Sicher, die moderne Technik bietet uns eine Fülle von Möglichkeiten, es ist wahnsinnig spannend, im Internet zu surfen. Wer diese Faszination einmal erlebt hat, kann vielleicht auch verstehen, warum es für manche Leute fast unmöglich wird, vom Internet loszukommen.

Sie halten sich auch gerne im Internet auf und wollen nun wissen, ob sie sich schon auf dem Weg zum Netaholic befinden? Hier die sicheren Anzeichen: Sie sind ein Netaholic, wenn

Sie nur noch ein Viertelstündchen online bleiben wollten, und das jede Stunde wieder versprechen,

Sie schon so gut pfeifen können, dass Sie auch ohne Modem eine Verbindung zum Provider aufbauen können,

Sie sich einen Laptop kaufen, um auch auf dem Klo surfen zu können,

Sie sich abends an den Computer setzen und sich wundern, wenn Ihre Kinder gleich darauf zur Schule müssen,

Sie Ihre Mutter nicht mehr erreichen, weil Sie kein Modem hat,

Sie sich mit Freunden, die um die Ecke wohnen, im Chatraum treffen,

Ihr Haustier eine eigene Homepage hat, Sie beim Briefeschreiben hinter jedem Punkt ein „de" einfügen.de,

Sie bei http://www.wetter.de nachsehen statt aus dem Fenster,

Sie depressiv werden, wenn Sie schon nach zwei Stunden mit Ihren Mails fertig sind,

Sie draußen den Helligkeitsregler für die Sonne suchen,

Sie bei der Auswahl der neuen Tapete darauf achten, dass sie zur Homepage passt,

Sie im richtigen Leben auch immer nach dem Zurückknopf suchen,

Sie den Kopf nach links drehen, wenn Sie lächeln :-),

Sie das Gefühl haben, jemanden getötet zu haben, wenn Sie Ihr Modem ausschalten und

wenn Sie alle diese Gründe in der Hoffnung gelesen haben, dass ein Punkt nicht auf Sie zutrifft.

E-Mail für mich

Wieder einer von diesen kalten, verregneten Sonntagen. Ich blinzele schlaftrunken unter meiner Bettdecke hervor und beschließe, an diesem Tag keine außerhäusigen Aktivitäten zu starten. Wie gut, dass es Computer gibt, da kann ich mich mit meinen Freunden unterhalten, ohne einen Fuß vor die Tür zu setzen.

Ob es wirkliche Freunde sind, meine Internetbekanntschaften? Ob ich mir mit Ulla im Real Life wohl genau so viel zu erzählen hätte, wie im Chat? Ob Doris wirklich so mitfühlend ist wie in ihren Mails? Ist Sabine wirklich so verrückt, wie sie in der Mailingliste rüberkommt? Und, diese Frage geht mir schon seit Wochen nicht aus dem Kopf, ist Thomas in echt wirklich *so* charmant? Die E-Mails, die zwischen uns hin und her gehen, werden immer persönlicher. Ich finde ihn immer netter. Ja, eigentlich würde ich ihn sogar gerne einmal kennen lernen. Wer weiß, was sich aus so einer Freundschaft noch ergeben kann? Hach, der *ist* aber auch nett! Vielleicht will er mich ja auch kennen lernen. Jedenfalls hatte er sich gestern zaghaft und zögerlich nach meinem Aussehen erkundigt. Daraus kann man doch schließen, dass er interessiert ist, oder?

Ich hatte zuerst überlegt, ob ich ihm schreiben soll, wie ich aussehe. Aber, was soll's, wer nicht wagt, der nicht gewinnt. Ich habe ihm meine blonde Kurzhaarfrisur beschrieben, den Stil meiner Kleidung, meinen Tick für verrückten Schmuck und dass ich mir meine flippigen, ausgefallenen Kleider selbst nähe. Tja, und ganz zum Schluss bin ich dann auch mit meinem „Schönheitsfehler" herausgerückt. Ich habe ihm „gestanden", dass ich 1,85 m groß bin. Ich habe die Erfahrung machen müssen, dass die meisten Männer abgeschreckt sind vor so viel Frau. Besonders die, die kleiner sind, wagen sich nicht an mich heran. Dabei hätte ich überhaupt keine Probleme mit einem kleineren Mann. Die Körpergröße ist doch nun wirklich schnurz. Finde ich. Aber es ist verdammt schwer, für eine so große Frau jemanden kennen zu lernen. Im Internet ist das natürlich einfach. Und so bin ich auch ganz froh, dass ich durch das Netz mit diesem wirklich sehr netten Mann befreundet bin. Ist das wirklich schon eine Freundschaft? Ich weiß es nicht. Ich werde ja sehen, wie er reagiert, wenn er von meiner wahren Größe erfahren hat.

Leise surrt der Rechner beim Hochfahren. Schnell die Mails abrufen. „Sie haben 7 ungelesene Mails" berichtet das Programm. Na, dann mal her damit! Ja, jubel, eine von Thomas ist dabei! „Schön, dass du gerne Kleider anziehst," schreibt er. „Ich mag Kleider. Aber, sag mal, woher nimmst du den Stoff für deine Kleider bei deiner Körpergröße? Solche Mengen kriegt man doch nicht „normal" zu kaufen! Hast du einen Vertrag mit der Textilindustrie? ;-)"

Die Worte gehen wie ein Stich durch mein Herz. Wie konnte er nur so taktlos sein? Seinen manchmal etwas sarkastischen Humor mochte ich eigentlich immer ganz gern, aber dies hier ist eine Gemeinheit! Eine richtige Frechheit! Zumal ich in meiner Mail deutlich gemacht habe, dass ich selber ein Problem mit meiner Körpergröße habe. Das Herz sticht immer noch. Wut und Enttäuschung kommen in mir hoch und bahnen sich in Form von Tränen den Weg ans Licht. Ich sitze vor meinem Bildschirm und flenne. Dieser Mistkerl! Diese Scheiß-Männer! Sollen sie sich doch ihre Frauen nach ihren Wünschen selber backen. Klein, damit sie was zum Behüten haben. Schlank, damit sie was zum Vorzeigen haben. Duckmäuserisch, damit sie was zum Beherrschen haben. Ich habe die Schnauze voll.

Nein, ich verkrieche mich jetzt nicht. Ich gehe doch hinaus, in mein Lieblingscafé und trinke einen Cappuccino. Ich lehne mich in meinem Caféhausstuhl zurück und beobachte die Leute. Zu gerne hätte ich jetzt gewusst, wie Thomas aussieht! Wahrscheinlich ist er 1,60 m groß und wiegt zwei Zentner! Dieser Miesling! Hätte er nicht einfach schreiben können, dass er ein Problem mit großen Frauen hat, weil er selber etwas klein geraten ist?

Nein, er musste mich ja gleich beleidigen. Ich überlege, ob ich ihm zurück schreiben soll. Nee, das hat er nicht verdient. Womöglich rege ich mich nur noch mehr auf, wenn ich mich auf weitere „Gespräche" mit ihm einlasse. Und das ist er nicht wert. Schade. Ich hatte mich in ihm sehr getäuscht.

Die Arbeitswoche, die am Montag noch endlos lang erschien, ist nun schon wieder rum. Ohne besondere Vorkommnisse. Ohne irgendwelche Highlights. Ohne alles. Stumpf, stupide, langweilig. Ich merke mehr und mehr, dass ich mich nach einem Partner sehne. Nach einem verständnisvollen Mann, einen, bei dem man reden kann, wie einem der Schnabel gewachsen ist. Ja, einem, mit dem ich so reden kann wie früher mit Thomas. Aber das war einmal.

Wieder Sonntag. Diesmal kein Regen sondern richtig gutes Wetter. Wetter zum Draußensein. Nicht, um am Compi zu sitzen. Doch die Nachrichten der Mailingliste will ich noch schnell lesen und beantworten, seit Freitag habe ich sie nicht abgerufen, sonst sind es nachher so viele.

Klick, klick, klick. Lesen, schreiben, wegschicken. Und dann, zwischen all den netten Nachrichten: eine Mail von Thomas! Ob ich sie ungeöffnet an ihn zurückschicken soll? Und danach meine E-Mail-Adresse ändern? Ich bin einfach zu neugierig und lese sie doch.

„Hey, Sandy, warum meldest du dich nicht? Ist alles in Ordnung bei dir?" Ganz harmlos tut er. Na, der soll mich kennen lernen.

„Warum ich dir nicht antworte? Ganz einfach, weil ich nichts mit zu kurz geratenen übergewichtigen Männern zu tun haben will. Da stehe ich nämlich drüber." Klick und weg damit. Ganze vier Minuten später erreicht mich die Antwort:

„Wie meinst'n das? Du weißt doch gar nicht, wie ich aussehe. Gruß, der verwirrte Thomas".

An dieser Stelle sollte ich eigentlich die Konversation beenden. Ich kann's aber nicht lassen und werfe ihm noch eine Nachricht an den Kopf: „Nun, ich weiß nicht, wie du aussiehst, leider nicht. Denn scheinbar hast du nicht besonders viel vorzuweisen. Ich denke mir das so, weil du so gemein auf meine Größe angespielt hast. Das hat mich geärgert. Und weil ich keine Lust habe, mich von irgendwelchen Leuten ärgern zu lassen, war dies jetzt die letzte Nachricht an dich. Also lass mich in Ruhe!"

Ich beantworte meine anderen Mails und denke darüber nach, ob Leute, die im Internet oft etwas böse klingen, sich diese Dinge auch an den Kopf schmeißen würden, wenn sie sich tatsächlich gegenüber sitzen würden. Nein, ich glaube nicht. Hässliche Worte in eine Tastatur zu klopfen ist etwas Anderes, als sie einem Menschen ins Gesicht zu sagen.

Mann! Er kann's nicht lassen. Wieder eine Nachricht von Thomas: „Sandymädel! Tu mir doch den Gefallen und lies deine Nachricht an mich mal durch, in der du dich beschrieben hast!"

Hä? Was sollte denn das nun wieder? Trotzdem folge ich und suche mir die Mail heraus. Oh nein, ein Tippfehler! Ich hatte bei „1,85 m" entweder das Komma vor der „8" oder das „c" vor dem „m" vergessen.

Checklist

Es gibt so bestimmte Begriffe, die für einen persönlich eine Bedeutung haben und sich durch's ganze Leben ziehen. Bei mir fing alles an mit der Abschlussprüfung, in der ich gefragt wurde, was ich, wenn ich in den Urlaub ginge und meine Vertretung nicht mehr persönlich sprechen kann, zu tun hätte. Ich erzählte dem Prüfer etwas von Listen, Zetteln, Tätigkeitsbeschreibungen, das alles wollte er nicht hören. Er verlangte nach dem Wort Checklist. Ich muss mir das Ganze wohl sehr zu Herzen genommen haben damals, denn seitdem spielen solche Listen in meinem Leben eine große Rolle.

Es gibt eine „To-do-List" für die schönen Tätigkeiten, die ich mir vorgenommen habe wir Theater- und Konzertbesuche, Urlaubsreisen und Wochenendfahrten, eine „Was-ich-mir-alles-wünsche-Liste", eine „Was-ich-unbedingt-erledigen-muss-Liste". Und dann gibt es noch die kleinen bunten Zettelchen, die täglich erstellt werden, um die Aufgaben, Termine und Wichtigkeiten des Tages zu notieren. Solche Zettel sind sehr hilfreich, wenn man Job, Haushalt, Fahrdienst für die Kinder und dergleichen mehr alles unter einen Hut bringen und nichts vergessen will. So eine Liste hilft dabei, stets den Überblick zu behalten. Und, auch das ist ein Grund dafür, warum ich mich nicht trennen kann von dieser

Gewohnheit, es ist ein befriedigendes Gefühl, wenn man am Abend eins nach dem anderen als erledigt und geschafft abhaken kann. Man sieht dann nochmal schwarz auf weiß (oder blau auf bunt, je nachdem welche Zettel man verwendet hat), was man alles geleistet hat.

Diese Listen und Zettel sind mein persönlicher, kleiner Tic, und ich bin froh, dass sich noch niemand darüber lustig gemacht hat.

Nur neulich, als mein Mann, der den Zettel durchlas, sich ausschütten wollte vor Lachen. Was daran so lächerlich war? Ich hatte neben Einkaufen, Zahnarzttermin, Sohn zum Sport fahren und bügeln notiert: Zettel schreiben.

Hexhex

Der Mann umgarnte sie. Er sprach zärtlich zu ihr. Ein Wahnsinnstyp. Emilys Gedanken waren: „Wow, wie kann so einer sich für mich interessieren?" Aber offensichtlich wollte er was von ihr. Sie lagen auf einer Wiese und sahen sich in die Augen... der Mann sah aus wie Pierce Brosnan. War es etwa Pierce Brosnan? Er sagte etwas zu ihr, doch sie verstand seine Worte nicht. Sie begriff nur, dass Pierce sie an sich heranzog. Ihr Kopf lag auf seinen Schultern und sie nahm seinen Geruch wahr. Seine Lippen berührten ihren Hals, ihr Ohr, er sagte etwas.

„Und nun der Wetterbericht für den ganzen Norden!" Die Stimme des Nachrichtensprechers riss sie jäh aus ihren Träumen. „Noch tobt das Tief Heinrich über uns und beschert den meisten Gebieten Norddeutschland kräftigen Regen. Und nun weiter mit dem Besten Mix aller Zeiten."
Eben noch im Land der Träume, jetzt schon mitten im Leben!

Der Traum war so wunderbar. Sie kuschelte sich noch einmal in ihre Bettdecke und versuchte, ihn festzuhalten. Ihn, den Traum, und ihn, Pierce. Die Traumfetzen drohten, sich im Nichts aufzulösen. „Aber so ist das immer im Leben", dachte sie. „Ich kriege nie das, was ich will. Und ich will Pierce! Jetzt sofort!" Seit sie sich von Hans-Dietrich getrennt hatte, hatte sie keine Beziehung mehr gehabt. Sie hatte sich regelrecht eingeigelt. Sie verließ ihre gemütliche kleine Wohnung fast nur, um zur Arbeit oder zum Einkaufen zu gehen. Ab und zu besuchte sie mal eine Freundin oder ihre Arbeitskollegin. Aber mit den meisten Freundinnen „unterhielt" sie sich zu Hause – per Internet.

Es gibt Tage im Leben einer Frau, an denen sie wirklich am besten im Bett geblieben wäre. So einen Tag hatte Emily erwischt. Erst interessierte sich Pierce Brosnan für sie, dann die jähe Ernüchterung. Gefolgt von dem miesen Wetterbericht. Und nun wartete der ungeliebte Job auf sie.

Wieder etwas optimistischer aber immer noch missmutig schaltete sie den Computer ein, um nachzusehen, ob sie Mails hatte. Das war ihr lieb gewordenes allmorgendliches Ritual. Dieser graue Kasten auf ihrem Schreibtisch bot ihr eine Menge Ablenkung vom Alltag. Sie hatte sich das Ding ursprünglich nur als „Schreibmaschinen-Ersatz" angeschafft. Schon bald aber merkte sie, welche wunderbaren Dinge man mit einem Computer anstellen konnte. Er konnte die oft langweilig sich hinziehende Zeit ausfüllen. Zeit totschlagen hätte Hans-Dietrich das genannt. Er hatte den Computer gehasst. Er fühlte sich zurück gesetzt, maulte beleidigt, wenn sie fasziniert vor dem Bildschirm saß. Er selbst hatte keine

Hobbys, nur Sport gucken im Fernsehen. Irgendwann wollte sie sich keinen Mann mehr ansehen, der auf einen Bildschirm glotzt. Sie wollte auch glotzen! Und da hatte sie sich diesen Computer gekauft. Der ihr nun gerade jetzt, wo sie alleine und das Kapitel Hans-Dietrich endgültig Vergangenheit war, wertvolle Dienste leistete. Jeden Tag war sie online, hatte eine Menge Leute kennen gelernt, einige waren im Laufe der Zeit echte Freundinnen geworden. Obwohl sie noch keine einzige jemals gesehen hatte.

Dorle kannte sie nun schon ein ganzes Jahr. Und täglich gingen Mails hin und her. Sie „unterhielten" sich über das Wetter, über Politik, über die Macken der Männer, über die Probleme mit übel gelaunten Chefs, über Gott und die Welt eben. Dorle verstand sie immer, sie war ihre beste und liebste Internetfreundin.

Emily schaltete den Computer ein und holte ihre Mails vom Server. Reklame, Nachrichten von Bekannten, liebe Grüße und Wünsche. Aber diesmal fehlte die tägliche Mail von Dorle. Sie schrieb meistens spät abends noch lange Mails, die Emily dann am Morgen las und beantwortete. Emily wählte sich ins Internet, die Zeit, die sie sonst für die Beantwortung von Dorles Mail benötigte, wollte ausgefüllt sein. Sie kam von einer Seite auf die andere. Über Kochrezepte zu Frauenliteratur, von der Besprechung einer Daily-Soap zu Erfahrungsberichten von Leuten mit Liebeskummer. Es gab immer interessante Seiten. Irgendwie stieß sie auf eine Homepage, in der es um Hexen ging.

Sie erfuhr, dass zwischen dem 14. Und 17. Jahrhundert Hexen, also Frauen, die heil- und kräuterkundig und weise waren, auf nicht gerade feine Weise beseitigt wurden. Sie und ihre Fähigkeiten waren den Menschen unheimlich, darum wurden sie schlicht und einfach umgebracht. Was macht man heute mit Frauen, die weise sind, die viel über Kräuter wissen, die sich in Menschen hinein versetzen können, dass es fast schon unheimlich ist? Diese Menschen werden, dachte Emily, wenn man ganz, ganz großes Glück hat, die besten Freundinnen. So eine wunderbare beste Freundin wie Dorle. Die wie durch Gedankenübertragung oft genau zu der gleichen Zeit im Netz war, wie sie. Die immer einen Rat parat hatte. Die in allen Lebenslagen die richtigen Entscheidungen treffen konnte, die immer wusste, wie es ihr, Emily, ging.

Inzwischen war die Zeit vergangen, sie machte sich auf ins Büro. Auch hier zeigte sich, dass das nicht ihr Tag war. Grantiger Chef, der Kaffee war alle. Eine Katastrophe jagte die nächste. Ihre Arbeitskollegin Nicole, die immer ein offenes Ohr für sie hatte und mit der sie sich gut verstand, hatte heute Urlaub, also kein Lichtblick weit und breit. Naja, dachte Emily, als es endlich Feierabend war, ich werde Dorle gleich mein Herz ausschütten, die wird schon die richtigen tröstenden Worte finden. Ganz sicher. Fröhlich pfeifend stapfte sie die Treppe hinauf in ihr kleines als Büro eingerichtetes Dachzimmer. Knopf an. Leises Surren. Rein ins Internet. Mailordner angeklickt. Ein Fensterchen öffnete sich: „Es sind keine Mails für Sie auf dem Server." Das gab's noch nie, dass Dorle sich gar nicht meldete. Schnell schrieb sie ihr ein paar Zeilen, sicher wird Dorle antworten. Und wenn nicht, heute war ja Mittwoch, ihr Chatabend. Es war ein ungeschriebenes Gesetz zwischen Dorle und Emily, dass sie sich am Mittwoch Abend in einem bestimmten Chatroom trafen, in dem um die Zeit fast nie etwas los war. So konnten sie sich ungestört „unterhalten".

Schon eine viertel Stunde vor der üblichen Zeit meldete sich Emily im Chat an. Diesmal war sie nicht allein. Auf der Leiste, die die angemeldeten Chatter zeigte, erschien der Name „kleine Hexe". Ach, wie nett, dachte Emily, eine kleine Hexe. Vielleicht war das ja eine wirkliche Hexe, die ihr alle Probleme weg- und einen neuen Mann (ach bitte, Pierce von heute Morgen!) herhexen konnte. „Willkommen Emily" erschien im Display. „Hallo, Emily!" schrieb kleine Hexe. „Hey, kleine Hexe, was machst du hier? Haben wir uns schon mal getroffen? Wer bist du?" Die kleine Hexe antwortete, dass sie eigentlich Almuth hieß, leidenschaftliche Tennisspielerin war, und dass sie sich diesen Namen ausgesucht hatte, weil sie sich schon immer für das Thema Magie interessiert hatte. Und außerdem, so schrieb sie, sei ihr Lieblings-Kinderbuch „Die kleine Hexe" von Otfried Preußler gewesen. Die Zeit verging schnell beim Chatten, doch Dorle hatte sich nicht gemeldet. Was war los mit ihr? Sie konnte sie nichtmal anrufen, weil sie, so unglaubwürdig das auch klang, weder ihren Nachnamen noch ihren Wohnort wusste. Sie kannte ihre E-Mail-Adresse, und mehr nicht. Doch, sie kannte sie fast in- und auswendig. Während des letzten Jahres hatten sich die beiden Frauen so gut kennen gelernt, dass sie so viel voneinander wussten, wie es nur bei den allerbesten Freundinnen üblich ist. Doch sie hatten nie ihre „richtigen" Adressen ausgetauscht. Vielleicht, weil sie sich nicht trauten. Vielleicht, weil sie Angst hatten, ihre wunderbare Internet-Freundschaft würde Risse bekommen, wenn sie sich einmal wirklich gegenüberstehen würden. RL, wie es in der Chattersprache heißt. Real life, offline sozusagen.

Emily las nochmal Dorles letzte Mails durch. Vielleicht hatte sie ja überlesen, dass sie sich abgemeldet hatte. Urlaub oder so. Nein, nichts. Komisch.

Am nächsten Morgen waren Mails für sie da. Aber keine von Dorle. Eine Mail hatte die Absenderangabe „Dreamboy" und im Betreff war „Ein Traum wird wahr" angegeben. Emily hatte Bedenken, die Nachricht zu öffnen. Man sollte ja keine Mails öffnen, deren Absender man nicht kennt. Wer weiß, vielleicht werden auf diese Weise böse Viren auf ihren Rechner geschleust. Aber der Betreff war einfach unwiderstehlich! „Hallo Emily!", las sie. „Na, hat sich traumboymäßig bei dir immer noch nichts getan? Das ist gut so. Denn nun hast du ja mich. Ich kenne dich schon eine ganze Weile, aber du weißt im Moment wohl noch nicht, wer ich bin. Ich bin der, von dem du geträumt hast. Heute Morgen. Ich werde bald schon bei dir sein, ich kann nämlich hexen. LOL, bis bald."

Emily standen die Haare zu Berge. Wer um alles in der Welt konnte wissen, was sie geträumt hatte? Sie hatte niemandem davon erzählt. Und dann das LOL, laugh out loudly, am Schluss. Lachte sie jemand aus? Was sollte diese Nachricht?" Sie klickte auf „Antworten", und schrieb einen bösen Text. Dass sie nicht wünscht, verarscht zu werden, stand darin und dass sich der Absender zu erkennen geben sollte. Aber die Mail konnte nicht verschickt werden, die Absenderangabe war falsch. Bei verschiedenen Suchmaschinen gab sie die Begriffe Hexe und Traumboy ein, vielleicht fand sie ja dort eine Antwort. So traf sie auf eine Homepage, auf der es um Hexen und Träume ging. Die Seite gehörte einer Sabine, die sich auf der Startseite artig vorstellte. Es gab verschiedene Links zu weiteren „Hexenseiten", Erklärungen zu Träumen und zu Traumdeutungen. „Willst du hexen lernen?"

hieß ein Button. Emily klickte. Der Bildschirm wurde schwarz, ganz langsam wuchs aus der Mitte heraus ein heller Kreis, in dem das Bild von Pierce Brosnan erschien. Oder zumindest von jemandem, der ihm sehr ähnlich sah. Emilys Herz klopfte. Was ging hier ab? War sie verhext? Oder wurde sie jetzt langsam verrückt? Spielte ihr Unterbewusstsein ihr einen Streich?

Sie bewegte die Maus schon auf „Datei beenden", raus hier, bloß weg! Doch die Neugier war noch stärker als ihre Angst. Sie lehnte sich zurück und starrte auf den Bildschirm. Unentwegt blinkte eine Hand auf dem Bild. Nach einer kleinen Ewigkeit klickte sie darauf. Es erschien eine auf einem Besen reitende Hexe, darunter eine E-Mail-Adresse. Sofort drückte sie den Button, von dem aus automatisch eine Mail an den Empfänger geschickt wird. Jetzt hieß es, Ruhe bewahren. Sich bloß nicht verrückt machen lassen. Im Geiste listete sie die Geschehnisse auf: 1. Dorle hat sich nicht gemeldet. War noch nie passiert, aber es gab mit Sicherheit eine logische Erklärung. Krankheit vielleicht, oder sie musste beruflich dringend weg, vielleicht war auch einfach bloß der Computer abgestürzt. 2. Sie hatte im Internet zufällig die Seite über die Hexen gesehen. Das war wirklicher Zufall und konnte mit dieser Sache hier nichts zu tun haben. 3. Im Chatroom tummelte sich statt Dorle Almuth, die kleine Hexe. Das war schon verdammt merkwürdig, aber der Chatroom stand allen offen und warum sollte sich dort nicht eine „kleine Hexe" aufhalten? Der Name war komisch, aber nicht wirklich verwunderlich, denn im Internet gab es die absonderlichsten Nicknames. „Kleine Hexe" klang zwischen „Sputnik", „Apache", „Tomahawk", „Der Rächer" oder „Weißer Hai" nun echt harmlos. Aber jetzt wurde es richtig unheimlich: 4. Die Mail vom „Dreamboy", der ganz offensichtlich ihren Traum kannte. Wer konnte dahinter stecken? Wer? Emily starrte immer noch auf das Fenster, das sich geöffnet hatte, und bereit war, die Mailnachricht aufzunehmen und weiterzugeben. Der Empfänger hieß „hex-hex@gmx.de". Es wollte sie jemand total verwirren, sie verunsichern. Oder ging es hier gar nicht um sie, sondern alles waren nur Zufälle? Sie *hatte* niemandem von ihrem Traum erzählt. Es *konnte* einfach niemand wissen. Und doch gab es diese Nachricht. Und 5.: Ganz offensichtlich hatte „Dreamboy" ganz genau gewusst, dass sie unter den Stichworten suchen würde, damit sie auf diese nun aufgerufene Seite stoßen würde. Sie war immer noch völlig verwirrt.

Emily entschloss sich, ganz cool zu reagieren. Wenn jemand sie wirklich erschrecken wollte, so wollte sie ihm nicht die Genugtuung gönnen, es geschafft zu haben. „Hi Dreamboy, Hexer, Pierce!", tippte sie ein. „Wie geht es euch denn immer so? Meldet euch mal und macht es gut! Eure Emily ☺". Der Smiley musste sein. Um den Empfänger der Mail und sich selber zu beweisen, wie cool sie war.

Doch sie war alles andere als cool. Diese Geschichte ging ihr nicht aus dem Kopf. Sie zitterte am ganzen Körper. Alles hatte damit angefangen, dass Dorle sich nicht gemeldet hat. Und dann diese Kette von mysteriösen Nachrichten. Sie schaute aus dem Fenster und sah den Regentropfen zu, die in Schwaden an ihrem Fenster vorbei zogen. Wenn sie jetzt eine starke Schulter zum Anlehnen hätte. Sie brauchte jemanden, der sie tröstete. Ihr war unheimlich zu Mute. Sie fühlte sich leer, konnte kaum einen klaren Gedanken fassen. Sie *musste* mit irgendwem reden. Langsam, wie ferngelenkt, zog sie ihren Regenmantel an. Sie musste unter Leute. Eine kleine Ewigkeit schon war sie nicht mehr weg gewesen. Ungewöhnliche Situationen erfordern eben ungewöhnliche Maßnahmen. Sie machte sich auf den Weg zu ihrer Arbeitskollegin Nicole. Telefonieren war jetzt nicht das Richtige. Sie brauchte eine reale Person vor sich. Nicole öffnete, strahlte Emily an und fragte, ob sie noch ins „Paolo" gehen wollten. Offensichtlich war sie schon so gut wie auf dem Weg. Emily ging mit, was hatte sie für eine Wahl? Wenn Nicole schon Zeit hatte, dann musste sie sich wohl nach ihr richten. Hauptsache, sie hatte jemanden, der ihr die Angst nahm. Zu Hause wären ihr die Hexen, Dreamboys und dergleichen nicht aus dem Kopf gegangen. Die beiden Frauen erzählten den ganzen Abend. Nicole hatte für all die mysteriösen Begebenheiten plausible Erklärungen, schob alles auf merkwürdige Zufälle. Als Emily spät wieder zu Hause war, fühlte sie sich besser. Sie war endlich mal wieder unter Leute gegangen. Wie lange war das her, dass sie abends mal in einer Kneipe war? Das war noch vor der Zeit mit Hans-Dietrich. Denn der wollte auch nur seine Ruhe zu Hause. Sie war richtig fröhlich, nahm sich vor, öfter mal mit Nicole wegzugehen, wenn Nicole das wollte. Nicole war überhaupt eine Liebe. Das hatte sie erst heute Abend so richtig gemerkt. Wieso hatte sie sich nicht schon früher mal mit ihr getroffen? Tja, warum? „Weil ich doofe Zicke immer nur vor diesem Computer rumhänge und überhaupt keine Augen mehr für die Welt da draußen habe!" Emily beschloss, in Zukunft viel aktiver zu werden und das Mailen und Chatten zu beschränken.

Mails, Dorle, Traummann. Ganz raus aus ihrem Kopf war diese Angst immer noch nicht. Aber was hatte Nicole gesagt? „Gib dem Ganzen nicht so eine Macht über dich!"

Nein, das wollte sie auch nicht mehr. Aber nur mal ganz kurz nachsehen, ob Dorle sich doch noch gemeldet hatte. Und dann nicht mehr mailen, nicht surfen. Nur nachsehen. „1 E-Mail wird für Sie vom Server geholt" stand auf dem Bildschirm. Ja, sie war von Dorle. Na endlich! Sie öffnete die Mail.

„Hey, meine Liebe! Haste den Schock verkraftet, den ich dir verpasst habe? Ich konnte es einfach nicht mehr mit ansehen, wie du dein Leben so langweilig gestaltest, nicht mehr raus gehst, selber immer langweiliger wirst. Ich wusste ja von deinen Träumen, dass du wieder einen Partner suchst. Und ich kenne ja auch deinen Männergeschmack. Dass du nun gerade heute Morgen so einen Traum hattest, das war Zufall, passte aber prima. Und dass du so neugierig sein würdest, im Internet nach Hexen zu suchen, das konnte ich mir auch denken. Es ist ganz einfach, nur für kurze Zeit eine Homepage ins Internet zu stellen. Und noch einfacher kann man sich verschiedene Namen und Mailadressen geben. Es war ein Spaß, Emily. Ich wollte dich einfach mal hinter dem Bildschirm wegkriegen. Ist mir ja auch gelungen. Ciao, bis morgen, deine....... Nicole.‟

Partnerschaftstest

Heute stand wieder ein Bericht in der Zeitung, über ein Paar, das die goldene Hochzeit feiert. Es ist einfach ermutigend und bewundernswert zugleich, wenn man die lebenden Beweise sieht, dass Ehen bzw. Partnerschaften so lange halten. Was machen diese Paare anders, als die, die sich frühzeitig trennen? Vielleicht waren es einfach die „Richtigen", die sich gesucht und gefunden hatten. Aber wie kann man das im Voraus wissen?

Gibt es Prüfungen, mit denen ein Paar testen kann, ob es auch mit unvorhergesehen Widrigkeiten leben kann? Bis zum Erreichen des viel zitierten siebten Jahres zu warten, dauert vielen womöglich etwas zu lange. Auch sollte man nicht das Erscheinen des ersten Kindes abwarten, was zugegebenermaßen eine Ehe schon auf eine verdammt harte Probe stellen kann.

Sie wollen eine wirklich einfache Prüfung, durch die Sie mit an Sicherheit grenzender Wahrscheinlichkeit herausfinden, ob Ihre Partnerschaft stark genug ist, um richtige Krisen zu überstehen? Es gibt ihn, den mit relativ einfachen Mitteln durchzuführenden Test. Ich meine jetzt nicht die allseits beliebten Psychotests darüber, wie gut man den Partner kennt. Da hat man schon verloren, wenn man ankreuzt, der Liebste trägt am liebsten

Baumwollslips und er meint aber, sich in Boxershorts am wohlsten zu fühlen. Nein, die Prüfung wie haltbar eine Partnerschaft ist, ist auch nicht die Urlaubsreise, wo man sich vierundzwanzig Stunden täglich drei Wochen ununterbrochen auf der Pelle hängt.

Nein, die ultimative Prüfung ist ein Tanzkurs! In einem Anfängerkurs wird nur allgemeiner partnerschaftlicher Umgang geprüft, in weiterführenden Kursen geht es dann schon ans „Eingemachte". Wenn ein Paar Bronze-Silber- und Goldkurs überstanden hat, ohne sich ein einziges Mal gezofft zu haben, hat entweder begnadetes Talent, oder eine absolut funktionierende Partnerschaft.

Das heißt nun aber selbstverständlich nicht, dass die Ehe in Gefahr ist, wenn er der Liebsten mal auf die Füße gestiegen ist und sie, sich im Recht glaubend, laut protestierte. Nein, gerade die Tatsache, dass sich *alle* Paare irgendwann während eines Tanzkurses mehr oder wenig heftig streiten, hebt den Charakter der partnerschaftlichen Eignungsprüfung besonders hervor. Beobachten sie mal tanzende Paare! Es ist sehr amüsant, zuzuschauen, in Ruhe abzuwarten, und dann, irgendwann, kommt der Knaatsch. „Nein, nach der Damendrehung kann man ja gar nicht in die Hand-zu-Hand gehen." „Doch, haben wir doch immer so gemacht!" Einem Paar, das an dieser Stelle weitermeckert und sich nicht einig wird, prophezeie ich keine harmonische Ehe. Eines, das das Problem irgendwie behebt (mit einem Lächeln weitertanzen zum Beispiel, oder den Tanzlehrer fragen, wobei einer der beiden dann zerknirscht zugeben muss, dass er im Unrecht war), wird auch andere schwierige Situationen meistern.

Drum prüfe, wer sich ewig bindet, ob sich nicht ein Tanzkurs findet.

Von Zicken und grauen Haaren

Das Leben ist ungerecht. Finden Sie nicht auch? Immer wieder haben es die Männer besser. Das behaupte ich jedenfalls. Oder finden Sie es etwa gerecht, dass die Hälfte der Menschheit praktisch mit der Geburt, sozusagen als Gratiszugabe, die befriedigende Aufgabe in die Wiege gelegt bekommt, ab einem gewissen Zeitpunkt für sämtliche Hausarbeiten automatisch verantwortlich zu sein? Nein, das ist nicht fair. Und das schlimmste ist, dass das nicht die einzigen Ungerechtigkeiten zwischen den Geschlechtern sind. Von gleicher Bezahlung für gleiche Arbeit will ich an dieser Stelle gar nicht reden, dann würde diese kleine Kolumne ein Roman.

Hier noch ein paar Beispiele:

Wenn eine Frau unumwunden ihre Meinung sagt, und diese nach allen Seiten vertritt, ist sie eine Zicke. Tut das ein Mann so ist er souverän.

Ein Mann, der seinen beruflichen Weg konsequent verfolgt und vorankommt, ist ein Macher. Eine Frau, die viel Engagement in ihr Fortkommen investiert, ist karrieregeil.

Ein fremdgehender Mann ist „ein toller Hecht", eine Frau, die das tut, bekommt schnell eine nicht ganz so schmeichelhafte

Bezeichnung. Sie wissen schon, ich möchte den Ausdruck jetzt und hier nicht erwähnen.

Männern passieren Autounfälle, Frauen machen Fahrfehler.

Und: Graue Haare wirken bei Männern interessant. Aha, interessant! Bei Frauen wirken sie alt. Auch interessant.

Was will uns diese Aneinanderreihung von Fakten sagen?

Etwa, dass Männer die besseren Autofahrer, das schönere Geschlecht, die erfolgreicheren oder etwa gar die besseren Menschen sind? Sicher nicht. Ich glaube auch nicht, dass die Männer wirklich etwas dafür können, dass es zu diesen Gemeinheiten gekommen ist. Sie, die Gemeinheiten, nicht die Männer, sind einfach Tradition. Und weil es uns Menschen so schwer fällt, uns von alten Traditionen zu trennen, bleibt oft alles so wie's war. Wir kochen, waschen, putzen still vor uns hin, glauben bei dem ewigen Gemecker schon selbst, dass wir nicht Auto fahren können, obwohl aussagekräftige und seriöse Statistiken das Gegenteil beweisen, wir nehmen unsere mageren Gehälter freudestrahlend entgegen, versuchen immer und überall lieb und nett zu sein. Und wir tönen unsere Haare.

Ich überlege, ob es nicht an der Zeit ist, mit einigen liebgewordenen Traditionen zu

brechen. Oder vielleicht andere wieder aufle-
ben zu lassen. Zum Beispiel die Männer alles,
aber auch alles bezahlen zu lassen...

November-Blues

Wenn morgens der Wecker klingelt, ist es noch stockfinster und die innere Uhr steht nicht auf „Raus aus den Federn, der Tag beginnt", sondern auf „Es ist noch mitten in der Nacht und ich will noch schlafen". Den ganzen Tag wird es nicht richtig hell, alles ist grau in grau. Nebel, Regen und Kälte. Man geht nur vor die Tür, weil es angeborener Nahrungstrieb (Supermarkteinkauf) oder anerzogenes Pflichtbewusstsein (Arbeitszeitvereinbarung mit dem Chef) erforderlich machen. Alle Welt redet vom schlechten Wetter. Alle meckern über die dunkle Jahreszeit. Man sehnt sich nach Frühling und Sommer, wo man wieder hinaus kann an die frische Luft, wo man wieder Outdoor-Tennis spielen kann, wo man ins Freibad statt ins Hallenbad gehen kann, und wo man leicht bekleidet in Straßencafés seinen Cappuccino schlürfen und/oder einen kalorienträchtigen Eisbecher schlecken kann.

Alle Welt meckert? Nein, nicht alle. Ich zum Beispiel meckere nicht, traue mich aber kaum, meine Ansicht zum grauen November auszusprechen. Der November ist ein finsterer, miese Laune machender Monat. Das war immer so und das wird auch immer so bleiben. Basta. Aber, überlegen Sie doch mal, was man im November alles Wunderbares tun kann, was im Sommer nicht geht, oder sich zumindest nicht gehört. Man kann sich nach

Feierabend, eingemummelt in die weiche Plüschdecke, ungestraft in die Sofaecke flätzen, in Illustrierten schmökern und es sich gut gehen lassen. Wer macht das am Spätnachmittag im Sommer? Niemand, da *muss* man ja raus, unter Leute. Wenn der Regen an die Fensterscheiben trommelt, kann man sich wunderbar und ohne schlechtes Gewissen noch eine Runde Daily Soap gönnen, draußen verpasst man ja nichts. Ach, und die so verschmähten Winterklamotten! Warum verschmähen? Ich sehe durchaus Vorteile in langen, kaschierenden Winterpullovern gegenüber leichten, luftigen Sommerkleidchen. Und dass die Straßencafés ihre Stühle nicht mehr auf der Straße stehen haben, ist so schlimm nicht. Drinnen ist es auch gemütlich, man kann aus dem Fenster die Leute viel besser beobachten, weil man selbst nicht auf dem Präsentierteller sitzt. Okay, Eisbecher sind im November nicht so angesagt, aber schließlich sind auch Grog und Glühwein nicht unbedingt zu verachten. Na gut, das mit dem Lichtmangel in der dunklen Jahreszeit, das stimmt schon. Aber wir sollten nicht glauben, dass wir automatisch schlechte Laune bekommen, wenn wir uns mal nicht stundenlang in der Sonne braten können.

Also, was ist? Immer noch November-Blues? Die Novembervorteile liegen doch auf der Hand: Wir dürfen ungestraft faulenzen, können figurfreundliche Schlabberpullis tragen, Glühwein genießen – und Sonnenbrand kriegen wir auch nicht.

Nicht die Mama

„Mama, was gibt's heute zu essen? Du musst mich gleich in die Stadt fahren, ich muss noch was für die Schule kaufen. Kannst du mal schnell das blaue Shirt bügeln?" Mit diesen munteren Worten begrüßt mich der aus der Schule kommende Sohn. Verdammt nochmal, ich bin selbst eben gerade aus dem Büro nach Hause gekommen und hab noch keine Zeit gefunden, das Essen vorzubereiten. Außerdem wartet ein übervoller Wäschekorb auf Abfertigung.

Und der wartet wirklich, selbst, wenn ich jetzt eine Woche auf Gran Canaria verbringen würde, der Wäschekorb stünde mit an Sicherheit grenzender Wahrscheinlichkeit immer noch in Lauerstellung. Ich habe noch einen Zahnarzttermin für den Sohn, muss selbst noch zur Bank. Und überhaupt: Wie das hier wieder aussieht! Diese Unordnung!

Wer will es mir verdenken, dass ich in einem der seltenen, stillen Momente daran gedacht habe, zu verreisen. Ja, meinetwegen nach Gran Canaria. Egal wohin. Weg hier. Mal nichts tun. Doch ich bin realistisch und ich kenne mich selbst gut genug um zu wissen, dass ich das gar nicht aushalten würde. Ich würde ständig an meine lieben Daheimgebliebenen denken und daran, was sie wohl mit Haus und Hof anstellen würden. Besser wäre es dann schon, wenn ich sie in die Fremde schicken würde. Bin ich nun eine Rabenmutter oder versuche ich nur, das legale und verständliche Bedürfnis nach Ruhe zu befriedigen? Wie auch immer – die Meinen sind darauf angesprungen und fanden es durchaus spannend, mal mutterseelenallein zu verreisen.

Für eine ganze Woche gehört das Haus mir. Mir ganz allein. Morgens muss ich keinen hartnäckigen Schläfer immer und immer wieder wecken, Morddrohungen aussprechen, damit er sich endlich aus den Federn erhebt, niemandem die Pausenbrote schmieren (warum krieg ich keine Kräcker mit Mettwurst, immer muss ich Käse essen?!), mit niemandem die Englischvokabeln lernen (obwohl, nebenbei gesagt, dieser Jemand besser englisch kann als ich), ich werde nicht als Taxiunternehmen missbraucht, ich kann kochen und sogar essen, wann und vor allem was ich will, am hellerlichten Tag fernsehen, kann aufräumen und mich umdrehen (auch mehrmals) und erfreut feststellen, dass alles noch an seinem Platz liegt. Kurz: Ich habe das Paradies auf Erden. Hach, was kann ich es gut haben. Ich genieße mein Leben in vollen Zügen.

Sogar mehrere Stunden.

Warum ruft hier nie jemand nach seiner Mama? Warum brüllt keine Eminem-Musik aus dem Kinderzimmer? Warum sagt mir niemand, wie lecker das Essen schmeckt?

Gott sei Dank. Übermorgen kommen sie wieder.

Wo gibt's denn hier Geschenke, ey?

Alle Jahre wieder in der Vorweihnachtszeit stellt sich uns die gleiche Frage: Was schenk ich meinem Kinde, was meinem Manne, was den anderen Lieben? Die Geschenkeauswahl gestaltet sich für einige Menschen äußerst schwierig, für andere wieder ist es ein Leichtes. So ist es für kleinere Kinder oder Menschen mit einem Hobby, das viel Zubehör verlangt, immer leicht etwas zu finden. In diesem Jahr bekommen die Kleinen jeweils ein nach ihren Vorlieben ausgesuchtes Plüschtier, die Hobbyköchin bekommt einen Kochbuchhalter, die Teddynärrin Stoff und Füllwatte zum Selberherstellen eines Bären, der Italienfan bekommt eine Einladung zum Edelitaliener und die schwimmbegeisterte Freundin bekommt eine Zehnerkarte für das Spaßbad. Die meisten Leute sind also versorgt. Aber, was um alles in der Welt schenke ich meinem mir angetrauten Ehegemahl? Alles für sein Hobby kauft er sich selber, dummerweise sogar in den Wochen vor Weihnachten, besondere Wünsche äußert er nicht, auch nicht auf hartnäckige Nachfrage. Klamottenkauf erübrigt sich, weil ich sowohl ihm als auch mir die leidige Umtauschaktion nach dem Fest ersparen will. Und Spielzeug zu schenken? Einem erwachsenen Mann?

Wenig hilfreich haben sich die Geschenketipps aus Zeitschriften und Magazinen erwie-

sen. Dort las ich unter der Rubrik „Männerträume" so nützliche Tipps wie ein Krawatten-
etui, formschöne gepunktete Unterhosen, Le-
dergürtel, und – wahnsinnig originell – einen
Rasierapparat oder die ewige Leier SOS –
Socken, Oberhemden, Schlips. Ich schwöre,
da stand wirklich „Männerträume".

Ich überlege, ob mein Liebster auch darüber nachgrübelt, was meine „Frauenträume"
sein könnten. Parallel zu den wenig nützlichen
Einkaufshinweisen in der Zeitschrift vermute
ich Schlimmes. Bekomme ich etwa ein Mo-
natshygiene-Etui, um es mal elegant auszu-
drücken? Oder, noch schlimmer, dessen Inhalt?   Nein, ich denke nicht. Ich vermute
nicht, dass er in dem gleichen Magazin nach-
gesehen hat, und wenn, dann würde er wohl
nicht die vorgenannten Umkehrschlüsse ziehen. *Oder?* Vielleicht hat er sich woanders
informiert und weiß nun, was Frauenherzen
wünschen. Parfum, Schmuck oder....genau:
Haushaltsgegenstände. Sagen Sie mir eine
Frau, die sich nicht irrsinnig über eine
Waschmaschine freuen würde. Oder über ein
Bügeleisen.

Aber, komme ich auf den Boden der Tatsachen zurück, es ist jetzt nicht das Problem,
was ich *bekomme*, sondern was ich *schenke.*
Wie gesagt, aus ihm ist nichts herauszube-
kommen, die Tipps von außen sind eher spär-
lich oder unbrauchbar, also muss ich mich
selbst anstrengen. Warum, überlege ich, tun

wir uns das jedes Jahr wieder an? Warum machen wir uns tagelang, was sage ich, wochenlang Gedanken darüber, was wir schenken sollen? Könnten wir es nicht viel einfacher haben? Und ab dem Nicht-mehr-an-den-Weihnachtsmann-glaub-Alter einfach nichts mehr schenken? Wir könnten schon. Aber wollen wir das auch? Ist es nicht immer wieder ein Erlebnis, die Augen des Liebsten am Heiligen Abend leuchten zu sehen, wenn wir doch wieder das Passende gefunden haben? In diesem Jahr bekommt er eine Minieisenbahn und ich weiß, dass es ratsam ist, zu Weihnachten nicht meinen Mann sondern das Kind in ihm zu beschenken.

Cocktailparty

Eigentlich war alles nur ein dummer Zufall. Ich wollte ihr nur einen Gefallen tun und den PC ausschalten. Sie war mit ihrer Freundin zum Essen gegangen und hatte vergessen, die Anlage auszuschalten. Ich berührte die Maus. Erst schwach, dann schärfer erschien der Text auf dem Bildschirm. Er war unter dem Namen „Tagebuch" gespeichert.

Sagen Sie mir einen Mann, der diese Situation nicht ausnützen würde? Ich jedenfalls las: „Ich kann ihn nicht mehr ertragen. Nichts an Alfons gefällt mir mehr. Sein Geruch, seine Kleidung, sein Schnarchen, seine Stimme, seine Ansichten. Aber ich kann mich auch nicht von ihm so einfach scheiden lassen. Die Firma, die Finca auf Malle, nein, das kriegt er nicht allein. Was hat er mir nicht alles zu verdanken?"

Ich starrte auf den Bildschirm, die Zeilen verschwammen vor meinen Augen. Konnte das wahr sein? Franziska hatte nach all den vielen Jahren eine solche schlechte Meinung von mir! Ich war fassungslos. Doch wenn ich es mir recht überlegte: Auch ich fand immer mehr Charakterzüge an ihr, die mir auf die Nerven gingen.

Gebannt las ich weiter: „Der 28., das ist unser Tag! Aus alter Tradition wird unser

Hochzeitstag gefeiert und schuldbewusst wird er mir aus der Hand fressen. Beziehungsweise trinken. Auch die von ihm so geliebten Cocktaildrinks. Aber dieses Mal werden sie nicht die gewohnte und gewünschte Wirkung haben. Sondern eine, die mich von ihm befreit."

Ich war geschockt. Meine Franziska wollte mich umbringen! Der Schreck steckte mir in den Gliedern. Doch es gab keinen Zweifel, ich hatte es schließlich schwarz auf weiß vor mir. Warum hatte sie mir nicht die Chance gegeben, mich zu ändern? Warum hat sie nicht mit mir geredet? Nun, die Tatsachen sind nun mal so, wie sie sind. Ich muss mich der Realität stellen und eben für mich das Beste daraus machen. Ich werde ihr mit den Cocktails zuvor kommen. Ihr Allergiemittel ist zusammen mit Alkohol das reinste Gift. Sie wird erfreut darüber sein, wenn zur Abwechslung einmal ich ihr etwas mixe...

Sie haben Franziska abgeholt. Ich beantwortete den Männern ihre Fragen, und ich bin sicher, dass meine Trauer absolut echt rübergekommen ist. Tja, nun gehört mir die Firma ganz allein. Und die Finca auch. Und die Aktien, von denen sie noch nicht einmal etwas geahnt hatte. Langsam sollte ich anfangen, mir mein Leben ohne sie einzurichten. Ja, es würde schön werden, mein Leben ohne Franziska. Ich konnte zum Beispiel die Zeitung zu lesen ohne ihr nervendes und störendes Geschnatter. Unbehelligt von der ersten bis zur letzten Zeile. Sogar den Fortsetzungskrimi. Er hieß „Cocktailparty" und begann mit den Worten: „Ich kann ihn nicht mehr ertragen. Nichts an Alfons gefällt mir mehr. Sein Geruch, seine Kleidung, sein Schnarchen, seine Stimme, seine Ansichten. Aber ich kann mich auch nicht von ihm so einfach scheiden lassen. Die Firma, die Finca auf Malle, nein, das kriegt er nicht allein. Was hat er mir nicht alles zu verdanken?"

Sinnestäuschung

Ich habe Schnupfen. Erst wenn man etwas sonst so Selbstverständliches wie das Riechen, plötzlich nicht mehr kann, merkt man doch, was einem fehlt. Alles riecht und schmeckt gleich. Gott sei Dank ist der Schnupfen ja bald vorüber (ohne Medikamente zwei Wochen, mit vierzehn Tage). Bis dahin kann ich ja träumen von schönen Gerüchen.

Was rieche ich am liebsten? Die Erde nach einem Gewitterregen. Meinen Liebsten daraufhin befragt, was er denn am liebsten riecht, antwortet er: „Bratenduft, in einem derart fortgeschrittenen Stadium, dass es sich nur noch um Minuten handeln kann, bis das Essen fertig ist." Meinen Sohn frage ich erst gar nicht, denn ich kenne die Antwort. Es müssen muffige Sportsocken sein, denn die hütet er in den hintersten Winkeln seines Zimmers wie einen kostbaren Schatz. Und was riecht mein Hund am liebsten? Klar, seine Freundin Smartie.

Ist es so, dass Frauen, Männer und Kinder die Welt mit unterschiedlichen Sinnen wahrnehmen? Das heißt, die gleichen Sinne haben sie ja, aber im Gehirn scheinen auf die gleichen Reize unterschiedliche Dinge anzukommen.

Nehmen wir beispielsweise unseren Gehörsinn: Mein schönstes Geräusch ist Vogelgezwitscher, vielleicht noch Meeresrauschen. Seins: Eine Frau die sagt: „Essen ist fertig." Und das schönste Geräusch meines Sohnes? Die Pausenklingel in der Schule. Um die Familie komplett darzustellen, sei noch erwähnt, dass das liebste Geräusch für den Hund ist, wenn Herrchen oder Frauchen sagt: "Ja, du darfst mit."

Kommen wir zum Sehen. Der schönste Anblick für eine Frau ist, nein, es ist nicht der Brilli, wie viele Männer vielleicht meinen, es ist der Anblick eines fix und fertig gebügelten Stapels Wäsche bei gleichzeitig leeren Wäschekörben und –Leinen. Das, ich gebe es zu, habe zumindest ich noch nicht erleben dürfen. Der schönste Anblick für ihn? Nun, ich schätze mal, je nach Veranlagung ist das wahlweise die Fußballergebnisse des vergangenen Wochenendes oder die Aufklapp-Fotografie im Playboy. Für Kinder ist es unumstritten der Weihnachtsbaum am Heiligen Abend, auf dem endlich die Kerzen brennen, und unter dem endlich die Geschenke liegen. Und für den Hund: Die geöffnete Autotür des am Waldrand geparkten Autos.

Außer den drei genannten gibt es natürlich noch den Geschmackssinn und den Tastsinn. Da man aber bekanntlich über Geschmack nicht streiten sollte, glaube ich auch nicht, dass es dabei besondere Unterschiede zwi-

schen den Geschlechtern gibt. Die Geschmäk-
ker sind wohl eher individuell, besonders,
wenn man, wie eben geschehen, auch die
Hunde mit einbezieht. Und über die unterschiedlichen Wahrnehmungen des Tastsinns
mich hier auszulassen, verbietet mir meine
gute Erziehung.

Als Fazit dieser Überlegungen bleibt die Er-
kenntnis: Männer sind anders. Frauen auch.
Oder täusche ich mich da?

Hausfrauen haben's gut

Vor den Erfolg haben die Götter den Schweiß gesetzt. Das wird jedem zur klaren Gewissheit, der versucht, durch körperliche Ertüchtigung Kalorien zu verbrennen. Siebentausend Kilokalorien, so rechnen uns die Wissenschaftler vor, werden in einem Kilo Körperfett gespeichert. Das heißt, so müssen wir der bitteren Wahrheit ins Auge sehen, wir müssen siebentausend Kalorien zusätzlich verbrauchen, um uns von einem einzigen kleinen lästigen Kilogramm Rettungsreifen zu trennen.

Wie verbrennt man nun eine solche Menge? Auch da stehen uns die schlauen Leute wieder mit Tabellen zur Seite, in denen sie aufgelistet haben, welche Tätigkeit in welcher Zeit wie viele Kalorien verbraucht. Besonders effektiv, wir ahnen es bereits, sind Squash und Jogging, aber auch die Zahlen vom zügigen Radeln, Schwimmen oder Aerobic sind beachtlich. Was tut man/frau also, wenn er/sie die besagten Kalorien verbrauchen und unschöne Hüftpolster verschwinden lassen will? Sie oder er kauft sich eine Zehnerkarte des städtischen Schwimmbades, fährt von nun an mit dem Rad zum Einkaufen oder ins Büro oder er/sie bucht im Fitness-Studio einen Aerobic-Kurs. So weit, so gut. Nun gibt es aber viel beschäftigte Menschen, die aus beruflichen Gründen für Solcherlei keine Zeit haben. Manager mit einem 14-Stunden-Tag werden wohl kaum noch Zeit für die tägliche Mucki-bude aufbringen. Und eine Mutter mit kleinen Kindern muss mit dem Auto zum Einkaufen, weil Lebensmittel und Windelpakete sich nicht auf einem Damenfahrrad verstauen lassen.

Was tun? Da ist guter Rat teuer. Doch zum Glück stehen in der Kalorienverbrauchstabelle nicht nur Sportarten, sondern es sind auch noch andere Tätigkeiten aufgelistet: Bügeln zum Beispiel verbraucht beachtliche 40 Kilo-kalorien pro Viertelstunde. Und wer bügelt schon eine Viertelstunde? Da sammelt sich eine bemerkenswerte Summe an in der Wo-che. Und Putzen erst: Das schlägt mit satten 80 Kalorien zu Buche. Na, wenn das keine rosigen Aussichten sind? Was will uns diese Rechnerei sagen? Hausfrauen haben's gut. Brauchen nichtmal ins Fitness-Studio.

Kochen für alle

Es ist mal wieder so weit. In Kürze wird es eine Familienfeier bei uns geben. Solche Treffen sind wunderbar und eigentlich viel zu selten. Jung und Alt, von nah und fern, endlich kommen mal wieder alle zusammen. Es wird erzählt und gelacht, Erinnerungen werden aufgefrischt und natürlich wird auch gut gegessen und getrunken. Und damit bin ich bei der Kehrseite der Medaille angekommen. Nicht, dass es mir etwas ausmachen würde, für eine große Anzahl von Leuten zu kochen. Ganz im Gegenteil. Meine Küche und ich, wir sind bekannt dafür, dass wir, wenn's so richtig darauf ankommt, die leckersten Dinge für selbst die ausgefallensten Geschmäcker hervorzaubern können. Bei einer so großen Anzahl von unterschiedlichen Leuten ist es schon eine Kunst, etwas zuzubereiten, das auch wirklich jedem mundet.

Wie gesagt: Kein Problem für mich. Jedenfalls bis vor kurzem. Doch die Zeiten haben sich geändert. Aus den niedlichen Kleinen, die bei solchen Gelegenheiten fröhlich alles gemampft haben, was auf dem Teller war, sind Teenager geworden, die am liebsten mit Messer und Gabel ihr Essen sezieren, um fein säuberlich ihnen nicht bekannte Objekte sorgsam zu entfernen. Nun, so dachte ich mir, sollen sie doch. Mich stört's nicht. Aber es haben sich auch in anderer Hinsicht die Essgewohnheiten geändert. Die Zeiten des BSE und anderer unappetitlicher Dinge haben auch in meinem Familienkreis einige Vegetarier hervorgebracht. Tante Ingeborg ernährt sich seit Monaten streng vegan. Sie isst nichts vom lebenden Tier. Auch Nichte Jessika „isst nichts mehr, was ein Gesicht hat". Am Rande sei hier nur bemerkt, dass sie neulich beim Italiener Spaghetti vongole bestellt und gegessen hat. Haben Muscheln wirklich kein Gesicht? Cousin Karsten hingegen mag weiterhin auf keinen Fall auf seinen geliebten Braten verzichten, und die Oma hat ausdrücklich angemeldet, das Essen soll doch bitte nicht wieder so scharf angebraten sein, wie beim letzten Mal.

Gar nicht so einfach inzwischen, die Bande zu bekochen. Tagelang habe ich Kochbücher gewälzt, Rezepte notiert. Alle unter einen Hut zu kriegen ist mir nicht gelungen. So werden diesmal eben verschiedene Gerichte aufgetischt. Man will es an so einem Tag ja schließlich jedem Recht machen. Karsten kriegt seinen Schweinebraten, die Oma kriegt ihr Hühnerfrikassee und für Ingeborg und Jessika brate ich Grünkernbratlinge. Und was ist mit mir?

Ich esse die Reste.

Handy zum Frühstück

Wie oft haben Sie sich früher mit ihren Freundinnen und Bekannten getroffen? Einfach mal so oder zu einem richtig schönen Tratschabend? Wie oft haben Sie ihnen von Angesicht zu Angesicht gegenüber gestanden? Wenn sie ehrlich sind, sicher öfter als heute, im Zeitalter des Internets und der E-Mails. Man unterhält sich nicht mehr so oft wie früher, man schickt sich elektronische Nachrichten oder chattet am Bildschirm. Da lobe ich mir doch die Situationen, in denen die Menschen mal nicht an ihren Computern sitzen sondern sich noch wahrhaftig gegenüber sitzen. Aber: Auch hier ist nicht mehr alles so wie damals...

Wissen Sie noch, wie früher die Frühstückspausen in den Büros abliefen? Man traf sich in der Kantine oder im Aufenthaltsraum, packte die schlüpferfarbene Plastikdose mit Wurst- oder Käsebroten aus, ein Stück Obst, die Kaffeetasse und dann wurde „gepaust". Man tratschte, der neueste Büroklatsch wurde durchgenommen, einige hatten vielleicht einen Comic dabei oder auch mal ein Buch. So war es doch, oder?

Und heute? Das mit dem Snack aus der Plastikdose ist bei vielen geblieben, natürlich auch der Kaffee. Aber was ist mit unseren guten, belanglosen, belustigenden Bürogesprächen passiert? Heutzutage packt man neben dem Genannten noch das Handy auf den Tisch. Sieht harmlos aus, ist es aber nicht. Das frühere Statussymbol mächtig wichtiger Leute fehlt heute in keiner Handtasche mehr. Und leider bleibt es da nicht. Ich will ja gar nicht reden von dem ständigen Melodiengewirr während man im Restaurant oder Kino sitzt. Das finden die meisten Handybesitzer inzwischen auch nicht mehr so lustig und stellen ihr Gerät aus. Nein, ich spreche von den SMS's. Oder heißt es SMSen?

Das sieht so aus, dass man sich bedeutungsschwer über die neuesten Marotten irgendeines Kollegen aus der Vorstandsetage unterhält und plötzlich, kaum hörbar, macht es „dideldit" auf dem Tisch. „Red ruhig weiter, ich höre zu", meint mein Gegenüber und drückt eifrig auf die Tasten des milchschnittengroßen Gerätes. Ich rede also ruhig weiter.... Die Kollegin lacht schallend. Ich bin geschmeichelt, denn so lustig war das, was ich gesagt hatte, nun auch wieder nicht. Sie guckt auf den Miniunruhestifter, der wohl in der Zwischenzeit wieder gedidelitet hat, nicht ohne glaubhaft zu versichern, dass sie zuhört. „Wollen wir heute Abend zu Ingeborg?" fragt sie mich. „Wer um alles in der Welt ist Ingeborg?" frage ich zurück. „Na, die Ingeborg aus dem Versand, die vor zwei Jahren aufgehört hat, lies selbst." Sie schiebt mir das zebragestreifte Wunderwerk hin und ich lese: „Wir könnten doch mal wieder einen richtig schönen Tratschabend machen, wie früher?"

Bewegungsmangel

Ein wunderbarer Tag. Herrliches Wetter, ein laues Lüftchen weht. Wer es sich erlauben kann, geht an die frische Luft – sollte man meinen. Nicht so das Rudel Kinder, das sich in unserem Kinderzimmer aufhält. Nein, das ist nicht komplett meine Brut, nur ein einziger gehört zu mir. Würde er alleine es vorziehen, einen solch herrlichen Nachmittag vor dem Computer mit Power-Spielen, Chatten und Surfen verbringen, würde ich ja mir ganz alleine die Schuld geben. Aber die anderen Kids sitzen ja auch mit vor Eifer geröteten Wangen vor diesem Kasten. *Und das bei dem Wetter!* Ich fass' es einfach nicht.

Die Ärzte warnen uns schon lange davor, dass der Bewegungsapparat unserer Kinder verkümmert, wenn sie sich nicht genug bewegen. Ich knöpfe mir meinen (mich inzwischen um einen guten Kopf überragenden) Zwerg vor und rede mit ihm. Erst ermuntere ich ihn, doch mal mitzukommen zum Aqua-Aerobic. Er nölt nur, da wären ja nur Frauen. Stimmt nicht ganz, aber ich kann ihn nicht vom Gegenteil überzeugen. Er könnte doch einfach die Skater mal wieder rausholen, ich würde dann die meinen anziehen und wir würden zusammen fahren. Ober ich ihn vollends blamieren will, fragt mich der freche Bengel. *Mein* Sohn! Es nützt nichts, ich muss mir eine List überlegen. Ich habe keine Ah-

nung, woran das liegt, aber mütterliche Vor-
schläge sind schon immer bei ihm als unter-
gejubelte Befehle angekommen. So ist nichts
zu machen.

Ich versuche es mit der Mitleidsschiene und
mache ihm meinen Standpunkt als sich um
seine Gesundheit sorgende Mutter klar. Der
fast Abend füllende Vortrag über Gelenkschä-
den, Muskelrheumatismus, Kreislaufschäden
und schlimmere Dinge hat meinen Kleinen
doch nachdenklich gemacht. Er verspricht,
sich eine Sportart zu überlegen und ich locke
im Gegenzug mit dem Angebot, nichtmaulend
den Fahrdienst zu der jeweils gewählten
Sportstätte zu übernehmen.

Etwas später kommt er zu mir, um mich
wissen zu lassen für welche Sportart er sich
entschieden hat. Mein Mutterherz schlägt hö-
her: Die ganze Aktion hat also doch einen
Sinn gehabt. Man sollte die Kids eben nicht
unterschätzen.

Freudestrahlend mit glänzenden Augen ruft
er: „Extrem-Outdoor-Fishing" oder wahlweise
Hallenhalma!"

Ostereierverstecke

Wieder Ostersonnabend! Die ganze Familie ist mit österlichem Werkeln beschäftigt. Die letzten Besorgungen werden gemacht, Essen wird vorbereitet, es wird gebacken und die Eier werden gefärbt. Linus, der Familienhund, verfolgt das ganze Geschehen wachsamen Blickes. Interessiert mit schief gelegtem Kopf, ab und zu ein Grunzen von sich gebend, blickt er von einem zum anderen.

Jedenfalls ist die ganze Familie in Super-Osterstimmung. Aus dem Radio dringt außer guter Musik auch die ansteckend gute Laune der Moderatoren. Der Sender veranstaltet in diesem Jahr einen Wettbewerb: „Nennen Sie uns Ihr originellstes Ostereierversteck." Die Antworten der Hörer werden gesendet und die ausgefallenste Idee wird mit einer Wochenendreise belohnt. Ich höre all' dieses während ich in der Küche Gemüse schnippele. Da ich nun nichts lieber tue als Verreisen - ja, stimmt, fast nichts - und ich mir einbilde, manchmal wenigstens, ganz gute Einfälle zu haben, setze ich meine grauen Zellen in Gang. Ich will an diesem Wettbewerb teilnehmen und eine Reise gewinnen. Immer wenn mir etwas einfällt, trockne ich meine Hände, eile zum Telefon, und immer und immer ist besetzt.

Doch wenn mein Hirn erstmal mit einer Aufgabe betraut wird, dann erledigt es sie auch. Gewissenhaft. Ich kann machen was ich will, mir fallen immer neue Verstecke ein: im Wäscheschrank in den BH-Körbchen, oder, sehr ausgefallen, im Eierfach des Kühlschranks. Da würde wohl niemand suchen, oder?

Und endlich, oh Freude, ich komme durch. Ich will mit der Idee glänzen, die Ostereier doch im Spülkasten der Toilette zu deponieren. Ich höre mit dem rechten Ohr das Freizeichen in der Leitung, mit dem linken die Radiosendung. Sie haben gerade jemanden am Telefon, der, ach wie originell - den Klospülkasten als Versteck angibt. Entnervt lege ich auf. Egal, ist ja nur ein Spaß.

Spät abends, unser Sohn schläft friedlich oder tut zumindest so, machen wir uns ans Verstecken der Ostereier. Ach, was hätte ich noch alles für wunderbare Orte angeben können. Damit hätte ich bestimmt die Reise gewonnen! Endlich hat jedes Ei seinen Platz.

Ostersonntag. Sehr, *sehr* früh. Sohn marschiert vom Kinderzimmer zum Bad. Vom Bad an der Schlafzimmertür vorbei, vernehmlich hüstelnd, wieder zum Kinderzimmer. Nach einer Weile geben wir nach und gehen hinunter. Es bietet sich uns ein friedliches Osterbild . . .

Die Wohnzimmertür steht offen (Wer, verdammt noch mal hatte sie wieder geöffnet???) und hier und dort liegen ein paar bunte Papierfetzen herum. Mitten im Raum sitzt Linus. Er hat alle, wirklich alle Eier gefunden - und gefressen.

Das allerbeste Versteck für Ostereier? Im Hund!

Frau sein – schlau sein

Es kommt nicht häufig vor, dass Bücher schon vor ihrem Erscheinen für Aufsehen sorgen. So war es bei dem Buch der Autorin Laura Doyle. Das Buch, das auf englisch „The surrendered Wife" heißt, erscheint bei uns unter dem Titel „Einfach schlau sein, einfach Frau sein".

Allein diese sehr freie Übersetzung macht mich stutzig. Im Englischen heißt es deutlich, dass die Frau sich unterwerfen oder ergeben soll, für den deutschen Markt drückt man es so aus, als ob der Inhalt nichts mit Unterwerfung sondern mit weiblicher Schläue zu tun hat. Vorab ist in einigen Medien zu erfahren, worum es in diesem Werk geht. Man lese und staune: Die Autorin hat eine ganze Reihe von Thesen aufgestellt, die sie ihren Leserinnen empfiehlt. Sie hat dadurch ihre Ehe gerettet. Was ja an sich eine schöne Sache ist. Und dafür beglückwünsche ich sie auch wirklich sehr, aber, bitte schön, was bei e i n e r Frau klappt, funktioniert doch nicht automatisch für die Hälfte der Menschheit?!

Die Gebote, die wir Unterwürfigen zu befolgen haben, reichen von „Gib ihm die Kontrolle über deine Finanzen, bitte ihn um Taschengeld" über das schlichte „Du sollst tun, was er will" bis zum abenteuerlichem „Pflicht-Sex mindestens einmal wöchentlich". Muss ich noch mehr erwähnen? Ja? Na gut, Sie haben es gewollt: „Du sollst nicht meckern", „Du sollst deinen Mann nicht unterbrechen", „Sage einem Mann nicht, was er zu tun hat, sondern tue, was er dir sagt", „Frage ihn nie nach seinen Gefühlen", oder, auch sehr schön, „Kritisiere ihn nicht" und „Überlasse ihm alle Entscheidungen".

Entschuldigen Sie, aber ich habe nach diesen vormittelalterlichen Worten einen mittleren Lachanfall bekommen. Das kann diese Frau doch nicht ernst meinen. Hey, ihr Alices, Emma-Leserinnen, ihr – ich wollte das Wort ja nicht mehr benutzen, weil es einem oft falsch, nämlich als zickig, ausgelegt wird – emanzipierten Frauen. Steht auf! Meldet euch zu Wort! Sind all die Jahre Überzeugungsarbeit umsonst gewesen?

Halt! Was rege ich mich eigentlich so auf? Es muss doch was dran sein, wenn dieses Buch in den USA bereits ein Bestseller ist und sich bei uns schon im Vorfeld die Münder fusselig geredet werden. Ich denke darüber nach, welche Wirkung es wohl haben könnte, wenn ich mich so verhielte...

Gedacht – getan. Ich habe das mal ein paar Tage ausprobiert. „Nein, Schatz, wenn du lieber Fußball gucken möchtest, dann guck du nur, ich muss nicht unbedingt tanzen gehen." Er guckte mich schräg von der Seite an, grinste aber. „Ist schon okay, dass du hier links abgebogen bist, ist bestimmt die schönere Strecke." Diesmal hat er nur das Gesicht verzogen. „Nein, wirklich nicht, ich brauch noch nicht wieder zum Friseur, kauf du dir nur was für deinen Computer." „Bestimmt! Es macht mir nichts aus, nachts um elf noch ein Essen zu kochen, wenn es dir nur gut geht." „Ich bitte um Entschuldigung, weil ich gestern meine Meinung über die gleiche Bezahlung von Frauen und Männern gesagt habe. Ich hätte das nicht tun sollen." Diesmal machte er ein ernstes Gesicht. Er schüttelte sogar verständnislos den Kopf.

Ich grinste in mich hinein und fragte mich, was wohl dabei herauskommen würde, bei meinem Experiment? Das wusste ich am nächsten Morgen. „Schatz", meinte er, „Freitag Nachmittag um 15.00 Uhr, hier, ich habe dir einen Termin beim Psychiater gemacht. Alles wird gut."

Die Landparty

Was haben Sie früher, als Sie noch ein Kind waren, an den Nachmittagen und Wochenenden gemacht? Bestimmt sind sie in jeder freien Minute draußen gewesen. Federball gespielt, Fahrrad oder Roller gefahren, eben draußen gespielt. Als sich damals bei mir Nachwuchs anmeldete, sind wir extra aus der Stadt in ein Dorf gezogen, damit es mein Kind mal richtig gut haben sollte. Er sollte viel Platz haben, um draußen zu spielen.

Dass es mein Ableger gut hat, und dass wir in einem schönen Dorf wohnen, das geradezu ein Paradies für Kinder ist, das hat geklappt. Aber das mit dem draußen Spielen leider nicht. Nicht nur ich, auch andere Mütter klagen, dass die Kids einfach nicht vom Computer wegzukriegen sind. Ich gebe ja zu, dass diese Freizeitvernichtungsapparate sehr verlockende Möglichkeiten bieten, und ich verstehe auch die Kinder und Jugendlichen – irgendwie. Aber man muss doch nicht jeden Tag vor diesem Kasten hocken! Da wird jetzt ein Riegel vorgeschoben, dachte ich mir. Und weil ich eine kluge Mutter bin, und weiß, dass ein striktes Verbot nicht zieht, habe ich mir eine Strategie ausgedacht. Mein Sohn hört sehr gerne Geschichten von früher. Ihn interessiert es, wie es war, als an ihn noch niemand gedacht hatte, was wir Erwachsenen getan und wie wir gelebt haben, als wir noch

Kinder waren. Und diese günstige Ausgangs-position habe ich ausgenutzt und es ihm so richtig schmackhaft gemacht, das Leben auf dem Lande.

Ich habe nicht wirklich daran geglaubt, dass er darauf anspringt. Aber, das Wunder ist geschehen! Letzte Woche teilte er Freude strahlend mit, dass er am Sonnabend zu einer Landparty geht. Sie findet in einem Nachbar-dorf statt und soll morgens um zehn losgehen und bis ungefähr abends um zehn andauern. Er zählte alle Freunde auf, die auch kommen würden. Insgesamt waren es knapp zehn Jungs. „Na, das ist ja toll", rief ich begeistert und malte mir im Geist gleich aus, wie die Kids einen ganzen Tag verbringen würden. Im Wald herumtoben, ein Fußballspiel, ja, auch Musik hören, vielleicht ein Lagerfeuer? Ich bot mich sogleich an, ihn dorthin zu fahren und für einen entsprechenden Picknickkorb zu sorgen, aber er lehnte dankend ab und sagte, dass Marcels Mutter für alles sorgen und ihn auch morgens abholen würde. Na, isses nicht schön?

Abends zur vereinbarten Zeit holte ich mei-nen bestimmt hundemüden Sohn ab von der Landparty. Die Jungen standen alle vor dem Haus und verabschiedeten sich. Was hatten sie bloß neben sich stehen? Was waren das für Kästen? Es waren Computer!!! Mein Sohn schleppte den Rechner zum Auto heran und verstaute ihn im Kofferraum. „Sag mal, was war das für eine Party?" Ich sah ihn verwundert an. „Mama, eine LAN-Party, local aerea network, wir haben alle Computer miteinander vernetzt und den ganzen Tag gespielt. Es war geil!"

Ich wusste ja, irgendwo musste der Haken sein.

Weißer geht's nicht

Geht es Ihnen auch so? Beim abendlichen Fernsehkonsum können einen die ewigen Reklamen schon mächtig auf die Nerven gehen. Wenn sie wenigstens gut wären, dann könnte man es ja ertragen. Aber was uns da so manchmal geboten wird... Wollen die Macher uns potentielle Käufer mit diesen manchmal wirklich absurden Filmchen abschrecken? Ich frage mich dann oft: Was will uns diese Werbesendung sagen?

Wozu könnten die Reklamen noch gut sein, außer uns vom Kauf der angepriesenen Produkte abzuschrecken? Manchmal stelle ich mir vor, irgendwann, in ein paar Jahrtausenden vielleicht, finden unsere Nachfahren per Zufall Videos mit unserem heutigen Vorabendprogramm mit den unzähligen Werbungen. Was würden sie, die Nachfahren, wohl von Folgendem halten?

Eine Frau hat Bedenken, dass ihr geliebter Gatte, als er den Erziehungsurlaub nimmt, auch wirklich den Haushalt schafft. Aber dank eines bestimmten Waschmittels ist das natürlich überhaupt kein Problem. In dem Streifen ist alles, und ich meine *alles,* weiß. Weiße Handtücher, das Kleinkind ist neben Söckchen und Schühchen in ein schneeweißes Kleidchen gewandet, (wer tut so etwas sich uns seinem Kind an?), die Mami ganz in weiß, und selbst der Superpapi himself trägt eine weiße Hose, weiße Socken und einen weißen Pulli. Das geht aber haarscharf an der Realität vorbei!

Gerade die Waschmittelreklamen sind eine wahre Fundgrube für Nonsens: Der Papi ist nur noch am Wochenende zu Hause, weil er einen so wichtigen Job hat. Und darum hat er seinem Sohnemann einen Pulli geschenkt. Klar. Und dieser Pulli ist nun der beste Freund des Sohnes. Aha. Armes Kind. Keine Spielkameraden mehr, weil er einen Pulli geschenkt bekommen hat.

Sehr überzeugend für unsere Nachfahren auch ein klatschnasses Superweib, das durch ein Bassin watet. Logisch, jeder denkt dabei sofort daran, dass er seinen Stromanbieter wechseln sollte?!

Ach, und wie lieben wir doch alle die Vorbildmutti, die ihrem hoffnungsvollen in einer Seifenkiste einen Hügel hinunterrollenden Nachwuchs mit einem Puddingbecher hinterherrennt. Was lernt unser später Betrachter daraus? 1. Mütter hatten anno 2001 immer einen Pudding, 2. Schürf- und andere Wunden werden oral mit Schokoschlabber geheilt.

Welche Frau ist nicht an der Klärung der Frage interessiert, wie man Mann und Kinder unter einen Hut bringen kann? Die Reklamesendung gibt die ersehnte Antwort: Na, mit Schokonaschereien. Also, dass ich da nicht selbst drauf gekommen bin.

Ach, und wo wir gerade bei Schokolade sind: Ist doch logisch, dass man mit Schokolade ganz unbedingt auch Schlips und Kragen assoziiert. Oder etwa nicht? Jedenfalls, wenn man Pralinen isst, die dieses ekligsüße Braunfett nicht enthalten, dann braucht man keinen Schlips und Kragen. Praktisch, nicht?

Vielleicht haben die Finder der Reklame-Filmchen ja auch Glück und finden ein Band mit Holger und Max. „Holla, das ist ja Gorgon-zolla!" Dann wüssten sie wenigstens, dass wir Humor hatten.

Murphy's Gesetz

Seit in England Schulkinder ein groß angelegtes Experiment machen, mit dem sie feststellen wollen, ob der Toast tatsächlich immer mit der Butterseite nach unten fällt, ist Murphy's Gesetz heiß diskutiert. Ich weiß nicht genau, wer Murphy ist, aber es scheint ein ziemlicher Pessimist zu sein.

Er sagt, dass es ein Naturgesetz ist, dass, wenn irgendetwas schief gehen kann, es auch schief geht. Viele Leute bestätigen das und nicken zustimmend. Sie erleben es täglich, dass man zum Beispiel das, was man sucht, immer an dem Platz findet, an dem man zuletzt nachsieht. Oder dass die Schlange, an der man sich angestellt hat, immer, wirklich immer, die langsamste ist. Ich denke darüber nach, ob das wirklich so ist, oder ob es sich nicht vielmehr so verhält, dass uns nur die negativen Beispiele in Erinnerung bleiben. Man steht in der Schlange an der Supermarktkasse und ärgert sich, weil genau drei Leute vor einem die Papierrolle in der Kasse ausgetauscht wird, und die Kassiererin das natürlich noch nie gemacht hat, und erst ihre Kollegin per Lautsprecher herzitieren muss, die aber gerade nicht auffindbar ist, und erst nach nervenden Minuten des Wartens erscheint. Natürlich hat man daran gedacht, sich nebenan anzustellen, aber ein Blick in die übervollen Einkaufswagen der Kunden rät davon ab. Klar, man stellt hinterher fest, dass die Schlange trotzdem schneller war. An diese Begebenheit erinnert man sich, weil man deswegen zu spät zum Italienisch-Kurs kam, aber die hundert Einkäufe, bei denen ruck-zuck abkassiert wurde und alles reibungslos verlief, die waren eben Selbstverständlichkeit.

Ich glaube auch nicht dass es immer zu-trifft, dass ein Kleidungsstück, das man mo-natelang überall gesucht und dann endlich gefunden hat, genau zwei Tage nach dem Kauf für den halben Preis zu haben ist. Das ist vielleicht vielen schon mal passiert, aber doch nicht jedes Mal!

Ich glaube weiterhin an das Gute in den Menschen. Und in der Natur. Und in den Din-gen. Ziemlich gemein allerdings ist die Tatsa-che, dass mein Textprogramm nach Fertig-stellung dieses Artikels sich aus unerfindlichen Gründen weigerte, diesen Text zu speichern. Nach stundenlangem Herumprobieren blieb mir nichts anderes übrig, als einen Experten zu Hilfe zu holen. Ahnen Sie schon, was mein Textprogramm tat, als der Fachmann ange-reist war? Es speicherte einwandfrei.

Mit Abitur nach Venedig

Neulich war einer Illustrierten ein Fragebogen beigefügt, für dessen Ausfüllung der Absender sich schon im Voraus bedankte. Weil ich gerade ein bisschen Zeit hatte und auch ein Geschenk versprochen wurde füllte ich den Bogen aus. Man fragte mich nach meinen Lesegewohnheiten, nach meinen bevorzugten Urlaubszielen, nach Sport- und Fernsehgewohnheiten. Ich füllte alles brav und wahrheitsgemäß aus: Heitere Frauenromane, Italien, Tanzen, Big Brother. Nach einer Reihe von weiteren Fragen folgten zum Schluss „ein paar statistische Angaben, die selbstverständlich vertraulich und im Sinne des Datenschutzes behandelt würden". Familienstand, Schulbildung, Stellung im Beruf, Größe des Wohnortes. Obwohl es mir schleierhaft ist, was mein Reiseziel mit meiner Schulbildung zu tun haben soll (werde ich bald in einer Statistik lesen, dass man mit Abitur nach Venedig, mit Realschulabschluss an den Gardasee fährt?), so nahm ich das trotzdem gelassen hin. Aber am Ende fragte man, natürlich wieder ganz vertraulich, versteht sich, noch nach Geschlecht, danach, ob ich Kinder habe (scheint von höchstem Interesse, ob kinderlose Menschen die „Eltern" lesen) und: Nach meinem Alter. Dabei besonders beachtenswert die Einteilung nach Altersgruppen: bis 20, bis 30, bis 40, bis 50. Und dann stand da: 66 und älter. Ich frage

mich, was es für einen Unterschied – jedenfalls in meinem Konsumverhalten – macht, ob
ich nun 35 oder 75 bin? 66 und älter! Peh!
Wieso ist bei 66 die Grenze? Ist es denen etwa egal, ob jemand 66 oder 120 ist? Ich werde es wohl nicht herausfinden.

Warum steckt man die Menschen in Al-
tersschubladen? Macht das einen Sinn? Sucht
man Beweise dafür, dass Schulkinder kein
grauabdeckendes Haarshampoo kaufen oder
Rentner eher selten Eminem-Musik hören?

Wissen Sie was? Die Leute von der Zeitung geht mein Alter überhaupt nichts an. Ich
habe bei der Frage geschrieben: „ändert sich
jährlich" und unter Beruf „Student" ange-
kreuzt.

Ich frage mich nur, warum ich neuerdings
Reklame für Sehhilfen, Zahnhaftcreme und
Stützstrümpfe zugeschickt bekomme. Sind die
mir auf die Schliche gekommen?

Nachtruhe

Die Natur oder der liebe Gott hat uns Menschen den Schlaf gegeben, damit wir uns erholen können von den Mühen des Tages. Er, der liebe Gott, wird sich etwas dabei gedacht haben, uns dieses wunderbare Mittel geschenkt zu haben. Man sieht viele Probleme klarer, wenn man sie überschlafen hat, manchmal sieht man die Welt geradezu mit anderen Augen. Ich will natürlich nichts gegen den lieben Gott sagen...Aber: Warum hat er die Mütter und Väter vergessen?

„Bääääääähhhhh" macht es aus dem Kinderzimmer. Es ist 0.17 Uhr und der Kleine hat Hunger. Ach, wenn er doch endlich durchschlafen würde! Ich reibe mir verschlafen die Augen, gebe ihm zu trinken, wickele ihn, lege ihn wieder ins Bettchen. Und hoffe auf bessere Tage. Die ersten Monate sind schon wirklich schlimm. Nie richtig Schlaf! Aber, so sage ich mir, das ist ja nur eine Übergangszeit. Irgendwann wird er durchschlafen, und dann kriege auch ich wieder meine verdiente Nachtruhe. Und so war es auch: Es kam der Tag, an dem der hoffnungsvolle Nachwuchs wirklich durchschlief. Puh, geschafft!

Doch es kam anders: „Ich hapaba noch Duaaaaast" kräht eine Kleinkindstimme. Also gut, Tee gemacht und: „Nu aber ab ins Bett!". „Ich kann nich slaaaafen! Mamaaaa!" Die vierte Gutenachtgeschichte bringt dann endlich den gewünschten Erfolg. Ach, denk ich mir, wenn er erstmal größer ist, dann wird er von selbst ins Bett gehen. Ich erinnere mich an meine eigene Jugend. Es wurde noch unter der Bettdecke gelesen oder Tagebuch geschrieben. Alles verhältnismäßig ruhige und Eltern schonende Tätigkeiten.

Richtig. Irgendwann kam die Zeit, dass er von selbst ins Bett ging. Gut, es klang noch Eminem-Musik in ein paar Dezibel mehr als Zimmerlautstärke aus seinem Zimmer, aber was soll's, irgendwas ist ja immer. (Können Sie bei Eminem-Musik schlafen? Ich nicht!)

Ich denke so, dass er ja eines schönen Tages, mal ausgehen will. Und wir inzwischen altes Ehepaar, haben abends mal ein paar kinderfreie Stunden. Und können schlafen, wann wir wollen. Denn es kann doch nicht angehen, dass wir unser ganzes Eltern-Leben lang auf erholsame, ungestörte und vollständige Nachtruhe verzichten müssen.

Richtig, eines Tages, der Sohn war dem Erwachsenenalter nicht mehr fern, wollte er abends ausgehen. Natürlich erlaubten wir es ihm! Er wollte auch lange wegbleiben. „Also gut, genehmigt!" Verdammt lange. Der Zeiger der Uhr kroch langsam von Stunde zu Stunde. Können Sie etwa schlafen, wenn Sie ihr Kind irgendwo in einer Disco vermuten. Man weiß nicht mal genau, in welchem Etablissement er sich aufhält, mit was für Leuten er verkehrt, was er tut, ob er auch keinen Alkohol oder Schlimmeres zu sich nimmt...

Und überhaupt: richtig ausschlafen können wir uns als Rentner immer noch.

Rita Fehling

Augenblick mal...

www.bod.de
www.amazon.de
www.libri.de

ISBN 3-89811-100-8
178 Seiten, 18,80 DM / 9,61 €

Es gibt Lese-Augenblicke, an denen man keine Zeit oder Lust hat, dicke Romane zu lesen. Am Strand, in der U-Bahn, abends im Bett, im Wartezimmer – immer dann, wenn Sie ein bisschen entspannen wollen.
Hier ist das Buch mit heiteren Kurzgeschichten über das Leben und die Liebe, über den Alltag und über den Urlaub, über Männer und Frauen.
Sie erfahren, welche Verwirrung eine Tasse Pfefferminztee anrichten kann, wie abenteuerlich es sein kann, einen Computer zu kaufen, wie es kommt, dass eine Dame von Welt sich in einen Penner verliebt, wie ein Mann reagiert, der seine eigene Todesanzeige in Händen hält, warum die Socken verschwinden, warum Männer keine Reste essen, was es mit dem Frühjahrsputz auf sich hat und vieles mehr.
Hier sind sie, die kleinen heiteren Häppchen für den Lese-Hunger zwischendurch.

Ach, und ehe ich's vergesse:

Besuchen Sie mich doch mal im Internet:

www.ritali.de
www.ritas-augenblickmal.de
www.wahnsinnwaschmaschinenweicheier.de